いみちぇん！×1%

1日かぎりの最強コンビ

あさばみゆき／このはなさくら・作
市井あさ／高上優里子・絵

角川つばさ文庫

もくじ

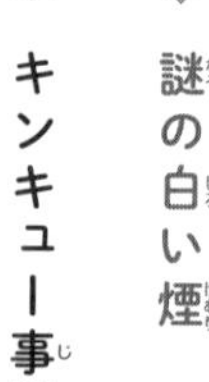
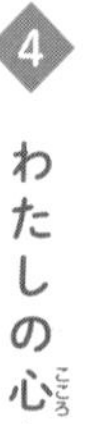
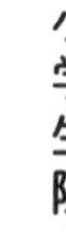
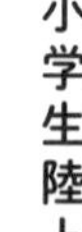
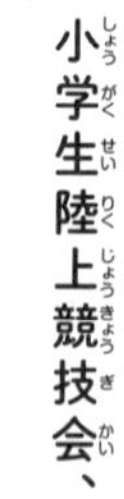
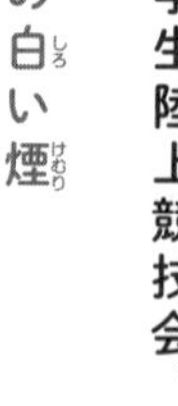

片思い中

直毘モモ

書道がシュミの
地味系ガール。
ミコトバヅカイの
ご当主さま。

安藤奈々

小6。大人しくて何の
取り柄もないけど
がんばりやさん。
クラス一のモテ男子・
石黒君に片思い中！

矢神匠
モモのパートナー。
主さまをお守りする
文房師！
学年一モテる。
パートナー
石黒翔太
サッカー部所属。
明るくてやさしくて
かっこいい！
?

さあ！
わたしたち2人が、
1
ERCENT

最初で最後のコンビを組むよ！

1　小学生陸上競技会、スタート！

青空に響く、鼓笛隊のにぎやかなマーチ。

観客席も、すでにほぼ満員！

いよいよ始まるんだ……！

わたし、直毘モモは、観客席の最前列からグラウンドに身を乗り出した。

学校の校庭が三つも四つも入っちゃいそうな、大きなグラウンド。

今日はこのあたりの小学校が集まって、五・六年生選抜の陸上競技会が開催されるんだ！

もちろん、書道と漢字ラブの超絶ジミ～なわたしは代表選手のハズがなくって、ひふみ学園の制服すがたで、応援係。

だけどねっ、今日が楽しみでしょうがなかったのには、理由があるんだ。

わたしの……は、はっ、初恋のヒトが、代表選手として百メートル走に参加するの！

しかも、仲良しグループから他に二人も選手になってて、見どころいっぱい！

今からワクワクが止まらないよっ。

まだひふみ学園の選手は着がえからもどってきてないけど、準備を終えた各校の体操服の選手たちに、観客席をうめつくす生徒と保護者。

会場は大にぎわいだ！

実は楽しみすぎて、わたし、仲良しメンバーと応援用の横断幕を作ったんだ。みんなは今、その搬入待ち。

わたしだけここに残って、みんなのぶんの席をカクホ中なの！

一人ぼっちでちょっとさびしいけど、華やかな空気にきょろきょろしちゃうっ。

「モモ。おれの荷物、席で預かっといてくれるか」

後ろからかかった声にふり向いたら、うちの学校の体操服の男子。

が、わたしの腕にスポーツバッグをどさっと預けてきた。

「も、もちろん！」

澄んだ黒い瞳に見つめられて、思わずほっぺたが熱くなっちゃう。

凛々しくてオトナっぽい雰囲気の彼は、矢神匠くん。

今日の陸上競技会、ひふみ学園の代表選手！　であると同時に、文武両道、才色兼備の我が校きってのイケメン。

そんな彼が、どうして地味一直線のわたしと仲がいいのかっていうと。

実はわたし――、彼の「主さま」なんだ。

わたしはフシギな筆で鬼からみんなを守る、「ミコトバヅカイ」っていうヒミツのお役目をやってるの。そして矢神くんは、そのお役目を支えてくれる「文房師」。

わたしたちは唯一無二のパートナーで、……そして彼が、わたしが片想い中の、初恋のヒト、

なのです。

「モモ。今日はマガツ鬼が出る可能性が高い。おれが競技で席を離れてるあいだでも、邪気に気づいたらスグ教えてくれ」

「うん、了解っ！」

きりりとした顔で見つめられて、わたしは背すじをピッと伸ばす。

わたしたちが戦ってるのは、人間が使う悪い言葉——悪口とかうらみごととか、そういう言葉から出る邪気を食べる、マガツ鬼っていう鬼なんだ。

だから、人がいっぱいいてケンカになりやすいような場所には、マガツ鬼が寄ってくる。

今日の競技会も、きっとマガツ鬼にねらわれると思うんだ。

「ちょっと。今さ、矢神くん、直毘さんに荷物預けてなかった？」

「マジで？　なんで直毘さん？　まさかあの二人、つきあってるとかじゃないよね」

ふいに、後ろから聞こえてきた声。

わたしはヒヤッと背すじが冷たくなって、そろそろとまわりに視線をめぐらせた。

そしたらいつの間にか、まわりの生徒がわたしたちに注目してる！

矢神くんファンのシットのまなざしもコワいけど、他校の女子生徒まで、なんだかジトッとわたしを見てる気が……。

ひいいっ、これじゃあむしろ、わたしがマガツ鬼を呼ぶ原因になっちゃいそうだよ……っ。

そういうカンケーじゃないんです、って叫びながら歩くわけにもいかないし、今日はもしかしたら、矢神くんとあんまり一緒にいないほうがいいのかもしれない。

「どうした、モモ」

ソーハクになるわたしに、張本人がいぶかしげに眉を寄せて、わざわざ顔をのぞきこんでくる。

黒い瞳がぐっと近づいて、わたしのまつ毛に触れそうなキョリでまばたきした。

や、矢神くんっ、いくらパートナーでも、このキョリ感はマズいと思いますっ！

赤くなっていいのか青くなっていいのか、わたしは彼のスポーツバッグを抱っこしたまま言葉も出てこない。

すると、

「モーモッ！」

明るい女子の声がひびくと同時に、わたしと矢神くんの間に、大きなリュックが飛んできた。

「わわっ!?」

どうにかそれを受け止めたら、観客席入り口のゲートのほうから、ポニーテールの女子、おさななじみのリオと、笑顔がやんちゃな男子、陽太くんがこっちにやってくるところだった。

リオも陽太くんも、矢神くんとおそろいの大会用のゼッケンがかっこいい！

「二人とも、おはよう！」

「モモ、席取っといてくれてサンキュッ！　アタシたちの荷物もお願いね。荷物係なんて頼んじゃってワルいね〜」

まわりに聞こえるように、大きな声で言うリオ。

「う、うんっ、まかせてね」

おかげで、わたしと矢神くんの関係を疑ってたコたちは、「なぁんだ」って顔でバラけていった。

た、助かった……！

わたしはリオと視線を交わして、ありがとうって心の中で手を合わせる。

彼女はさすがのアイドル志望。ばちんっと完璧なウィンクをわたしに送ってくれた。

そして陽太くんはきらりと勝気な瞳を光らせる。

「矢神っ。今日はひふみ学園六年代表、おたがいベストをつくそうぜ！」

「夏海と種目がちがってザンネンだが、もちろん勝負ごとは勝ちにいかないとな」

矢神くんも不敵な笑みを浮かべる。

「そりゃそうでしょ。矢神は百メートル。夏海とアタシはリレー、それぞれテッペンとらなきゃね」

リオも加わって、三人はぱんっとハイタッチ。

おおっ、これはリオと陽太くんはもちろんだけど、矢神くんも相当やる気だ……っ！

いつもクールな彼だけど、実はすっごい負けず嫌いなんだよね。

それに、ふいにグラウンドのほうに目をやった彼の横顔が、すっごくワクワクしてるように見えて――。

よしっ！　わたし、決めた！

今日は矢神くんが競技に集中できるように、全力でお役目のパトロールをしよう！

わたしが会場を歩きまわってマメに邪気を散らしちゃえば、きっとマガツ鬼も寄ってこないよね！

矢神くんはいつもお役目でタイヘンなんだから、こういう時くらい何も考えず、思いっきり楽しんでもらうんだっ。

わたしはそう決意して、ミコトバヅカイの武器、御筆・桃花をポケットの上からぎゅっとにぎる。

「リオッ、矢神くん、陽太くんっ。今日は一日、がんばってね！」

「「「当然！」」」

三人は同時に笑って、わたしに手のひらを向けてくる。

そこにわたしも、めいっぱいの応援の気持ちをこめて、ぱちんっと手を打ち合わせた。

2 謎の白い煙

トイレをでたら、角を三回、左に曲がればいい。

そうすれば、さっきまでいた観客席に戻れるはずだった。

なのに、わたし、安藤奈々の前にドーンとあらわれた文字は、アルファベットの『I』。

陽向小の観客席スペースがある『B』じゃない。

ど、どういうこと……？

ボーゼンと、『I』と表示された出入り口を見あげる。

たらーり、冷や汗が流れた。

ええっと、もしかして『B』が『I』にチェンジした、とか……？

えへへ。いくらなんでも、そんなおかしなこと――文字が変わるなんてこと、起こりっこない
よねえ、うん。

と、いうことは、この状況を説明できる言葉は、たった一つ。

パニックになりかけの頭のなかに、さっきから、でかでかと大きく点灯していたけれど！

あえて見ないフリをしていた、いやーな言葉。

ぜ、

「絶賛迷子中……！」

ガーン、やっちゃったよ!!

小六にもなって迷子になるなんてっ。わたしったら、何やってるの～！

ガックリ肩を落とす。はあー、とため息がこぼれた。

いったい、どこで道をまちがえたんだろう。

ここ、陸上競技場に来たのは、今回がはじめて。

右を向いても左を向いても、同じような柱と壁がずーっと続いていて、まるで迷路にまよいこんだみたい。

自力でなんとかできそうなレベル

を、はるかに超えちゃってるんだ。

ていうか、自力でなんとかできるなら、はじめから迷子にならないよね。

だったら、だれかに聞くっきゃない！

そうわかってはいるのだけど……。

道を聞こうにも、まわりは体操服を着た選手ばかり。みんな、いそがしそうに、わたしの前を
あっちへこっちへと通りすぎている。

さらに競技がはじまったばかりだからなのか、ピリピリと殺気立っているようで、どうにもこ
うにも声をかけづらいんだ……。

そうだ、携帯は！　と思いついて取りだしたけど……うわあ、まさかのバッテリー切れ!!

これじゃあ、みんなにも連絡できない。

ひえええ、どうしよう……。

と、オロオロしていたら、どこからか楽しそうな会話が聞こえてきた。

通路に、きゃぴきゃぴっとした声だけが響いてる。

きっと選手じゃない！

どこどこ!?

首を大きくふって、きょろきょろまわりをさがしていると、目のはしで人の姿をハシッととらえた。

わたしと同じ年代の女子たちが、こっちに向かって歩いてくるのが見える。しかも思ったとおり、私服なので選手じゃない。

わたしと同じくこの場にそぐわない、緊張感からかけはなれた声の調子に、すくわれた思いがした。

天の助け……！　あの子たちに聞いてみよう！

ギュッ、と両手をにぎりしめて、彼女たちが近くに来るまで待つ。

そして、いざ、そのときがやってきて、「あのう、すみません……」と、声をかけようとしたのだけど。

次の瞬間、のどがヒクッとして、言葉が奥にひっこんじゃった。

「ワ――――ッ！」

ものすごい歓声と拍手が起こって、それにビックリしたからなんだ。

のんびり歩いていた女子たちが、急にあわてだした。

「前の競技が終わったんだ！」

「はやく行こ！」

バタバタ、わたしの前を通りすぎていく。

「あ、待って……！」

わたしの必死なよびかけは、彼女たちの耳には届かなくて。

気づいたら、通路にポツンと一人で立っていた。

彼女たちを走って追いかける気にもなれず、ガクッとうなだれる。

あの子たち、だれかの応援に来ていたんだね。もしかしたら、好きな人の応援かも。

つま先に視線を落としたまま、ふう、と一つ、息をつく。

ツキン、と胸が痛くなった。

石黒くん……！

おひさまのような、あったかいカレの笑顔を思い浮かべた。

わたしも百メートル走に出場する、カレの応援に来たのに……。

同じチームの仲間——ゆりあ、夏芽、るりの三人は、今ごろ好きな人の応援をしている。ちゃんと自分の恋をがんばってる。

なのに、わたしは、こんなところで何をやってるんだろう……。

ふう〜っ、と、さっきより長いため息をつく。

好きな人の応援もできないなんて、チーム1％のメンバーとして失格だね。

こんなわたしに、恋する資格あるのかな？

心のなかにストンと落ちてきて、不安が広がっていった。


チーム1％のメンバーは、四人。

みんなそれぞれ、両思い率1％の恋をしている。

わたし、安藤奈々は、同じクラスの石黒くんに片思い中。けど、カレはファンクラブまである人気者。そのうえ、カレの親友、森口トオルくんとの仲を応援されちゃってる感じなんだ……。

ゆりあは二次元大好きな、ゆるふわ女子。片思いのカレ、コウちゃんの応援のために来た。

夏芽はシッカリ者のメガネがにあう女の子。年下のハーフ男子に片思いしている。

るりは、かわいいツンデレラ。他校に好きな人がいて、カレにはカノジョがいるのだけど、ずっと好きでいるの。

こんなふうに、99％かなわない恋をしているわたしたち。

だけど、どんなに可能性が低い恋でも、みんなで前向きにがんばろうって決めてるんだ。

だって、カレを思うこのキモチに、ウソはないから――。

さっきまでは、ため息しかでてこなかったのに。
チームのみんなの顔を順番に思い描いたら、心細さがドンドン小さくなっていった。
うん、そうだよ。がんばらなくちゃ！
わたしたちチーム1％の合い言葉は、『みんな、がんばれ！』だ。
こんなところで、ひとりぼっちで落ちこんでる場合じゃない。
一刻も早く戻って、わたしも好きな人の応援をするんだ！
それに、落ち着いてよく考えてみたら、このまま歩いていけばいいんだよ。
歩いているうちに一周して、きっと元いた場所に戻れるだろうから！
打開策を見つけたせいか、心も体もグーンと軽くなる。
わたしは、このまま通路の先を進むことにした。

おかしいなあ。照明がついているハズなのに、なんでこんなに暗いの？

なんかヘンなんだ。歩けば歩くほど、暗い方へと向かっているようで……。

オバケ屋敷じゃあるまいし、ビクつく理由なんて、なんにもない。

それなのに、何かが暗がりの中から、わっ！　と、でてきそう。

あまりの薄気味悪さにビクビクしながら、あたりを見まわしてみた。

だけど、通路には、わたし以外だれもいない。さっきまで、大勢の人たちが歩いていたのがウソのようだ。

こんなの、絶対におかしいよ！

オバケはともかく、もう十分くらい歩いているのに、一人も会わないなんて。

なんか、イヤな予感がする。

ひょっとしたら、立ち入り禁止の場所にまちがえて入っちゃってたりして……。

けど、どこにいるのかわからない以上、このまま進むしかない。

壁づたいに歩くうちに、とうとう照明が届かない場所にやってきてしまった。

わたしの前には、吸いこまれそうな暗闇しかない。

ゴクッとのどを鳴らす。

ひ、引き返そう！　と決心した、そのとき。

前方の曲がり角の方から、

ボンッ！


と、大きな音が聞こえてきて。

「ひえっ！」

思わず耳をおさえて飛びあがり、そのまま床にしゃがみこんだ。

……今の、なんの音だったんだろう。

しばらくたってから、おそるおそる頭をあげた。

壁に手をついて、まわりを警戒しながら、ゆっくり立ちあがる。

あたりはシーンと静かだった。さっきの、あんなに大きな音がウソみたい。

なんの音だったのか、まったく想像できないけど、きっとフツウじゃないよ。

もしホントに何かあったとしたら……ここにいるのは、わたしだけだ。

逃げないで、何が起こったのか確かめなくちゃ……！

体じゅうがブルブルふるえてしかたなかったけれど、勇気をふりしぼって、その角を「えいやっ！」とまがった。

そして、目の前の光景を目にしたとたん、ビクッと足がすくんでしまった。

「かっ、火事!?」

う、ウソ！　白い煙がもくもくとあがってる！

どうしよう!!

はやく、だれかに知らせないと、とんでもないことになっちゃう……！

でも、知らせるといったって、どうしたらいいの？

迷子のわたしがやみくもに走っていっても、まにあわない！

あ、そうだ！

消火器、消火器はッ？　非常ベルはッ!?

一人でオロオロうろたえていると。

その白い煙のなかから、ぬっと何かが飛びだしてきて。

「お、オバケ!?」

一瞬ドキッとしたけれど、そうじゃないと、すぐにわかった。

わたしの肩にトンと軽くぶつかってきた、その影は、

「ごごご、ごめんなさーい！」

とさけびながら、タタターッとすごい勢いで走り去ってしまったんだ。

今のは――女の子!?

思ってもみなかったできごとに、目をパチパチ。

すると、まばたきを何度かくりかえすうちに、白い煙がスーッと消えていったの。まるで何もなかったみたいに。

よ、よかった。煙が消えて……!

大変なことになるところだった。非常ベルを押さずにすんでよかったよ。

ふうー、と安心して、胸をなでおろす。

けれど、次はムクムク疑問がわいてきた。

おかしいなあ。今の、火事じゃなかったみたいだけど、あの白い煙は、いったいなんだったんだろう。

あまりにもたくさん煙があがっていたから、てっきり火事だと思った。そのくらい真っ白で、何も見えなかったんだ。

あっ、もしかして！　さっき走っていった女の子が、グラウンドに線を引く、石灰の粉を通路にぶちまけちゃったのかな?

だったら、やっぱり、だれかに知らせて掃除しないと……と、床に目をやったら、床はなんともなくて。

そのかわりに――。

「……え、筆？」

煙もすっかりなくなって、心なしか明るくなった通路の床に、謎の筆筒が、わたしの前にポツンと残されていた。

3 キンキュー事態、発生!?

矢神くんたち選手は、本部から集合がかかって、ミーティング中。

わたしがカクホしておいた席には、応援幕を運んできてくれた女子メンバーが、無事に到着。

なので、わたしは最初の決意どおり、お役目パトロールを実行してるんだ!

御筆・桃花と、もしもの時のために矢神くんから預かった白札と墨ツボをポケットに入れて、装備はバンゼン!

ぐる〜っと会場をまわって、選手控え室のほうまで行ってきたんだけど、術で邪気を散らしたのは、今のところ三回。

応援がヒートアップしてケンカになっちゃった、ライバル校同士の生徒たち。

強豪校の悪口を言ってた二人組。

リレーで転んじゃったコを責める言葉が止まらなくなってた、五年生のチーム。

やっぱり、邪気はあっちこっちに漂ってる。

いつマガツ鬼が出てきてもおかしくない感じだよ。

わたしは術を使ったせいでにじんできたアセをぬぐい、おでこの小さな痛みに顔をしかめた。

「さっき、ぶつかっちゃたコ、大丈夫だったかな……」

ミコトバヅカイの術って、使うと同時に、白いケムリがボンッて噴き出すんだよね。

そのケムリの中から女の子の声が聞こえてきたのは、予想外だった。

ひみつのお役目に気づかれちゃったらマズい。あわてて逃げようとダッシュしたら、そのコとぶつかっちゃったんだ。

相手のコ、ケガしてないといいけど、悪いことしちゃったなぁ。

反省しながらポテポテと階段をのぼって、観客席の入り口をくぐる。

外に出ると、にぎやかな応援の声が初夏の風にのって、きらきら輝いてるみたい。

「わあっ、盛り上がってるなぁ」

頭上の巨大電光掲示板には、五年生女子の名前がずらり。

ってことは、次は六年生。そろそろあの三人の出番だ！

やっぱりみんなの出番は、友だちと一緒に応援したいな。

観客席をぐるっと見まわすと、ちょうどココから対角線上の席に、赤い布地の応援幕が見えた。

明るい赤に、**「必勝！」**ってわたしがイキオイよく書いた筆文字。

幕の部分は、親友のみずきちゃんと朝子ちゃんと三人で、一針一針ちくちく、応援の気持ちをこめて縫ったんだ。

うん！　こうして遠くから眺めてみても、ちゃんと読めるし、めだってる！

選手のみんな、競技の時にきっと気づいてくれるよね。こんな大きな競技会、きっとキンチョーするだろうし、ちょっとでも勇気づけられたらいいな。

そんな事を考えながら、みんなのところに向かってたら、

「モモ！」

後ろからぐいっと腕を引っぱられた。

ふり返ったら、矢神くんが焦ったような顔でわたしの腕をつかんでる。

「あれっ？　矢神くん。そろそろ六年生の選手、集合じゃないの？」

「そうなんだが。……ミーティングが終わってもどったら、モモがずっと席をはずしてるって聞いて。なにかあったのか？」

「あ、そっか、ごめんね。ちょっと会場をおさんぽしてただけなんだ」

「そうか」

矢神くんは目をまたたいて、わたしを見つめる。

そしてなにを思ったのか、黒い瞳を細くしてフッと笑った。

その瞳の、おだやかな優しい色。

わたしは急に心臓がきゅううっと引きしぼられたみたいに、うまく息ができなくなる。

胸の鼓動が彼にまで聞こえちゃいそうな気がして、ごまかすようにポケットの桃花に手をはわせた。

そして、ぎくっと凍りつく。

——あれっ？　ポケットに、筆筒のカンショクが……ない？

どきどきして顔にのぼってきてた血が、一気にすとんと落っこちた。

「モモ？」

だまって立ちつくすわたしに、矢神くんがけげんな顔をする。

震える手で反対側のポケットに触ってみる。……けど、やっぱり筆筒はない――みたい。

まさか、桃花、どこかに落とした？

「モモ、顔色が悪いぞ。やっぱりなにかあったのか」

わたしはバッと首をあげて、矢神くんの心配げな顔を見つめる。

……………御筆を落とした。

そんなこと矢神くんに言ったら、競技会どころじゃなくなっちゃう！

千年も前から直毘家の先祖に伝わってきて、ずっとわたしと一緒に戦ってくれた、大事な筆。

矢神くんが文房師として、いつも丁寧にメンテナンスしてくれる筆。

でも、さっきの矢神くんの、勝負ごとは勝ちにいかなきゃって言ってたときの、あの、ワクワクした横顔が頭をよぎる。

モモ、ともう一度言う彼に、わたしはムリヤリ笑みを浮かべてみせた。

言えないっ。桃花をなくしたなんて、絶対言えないよっ！

「ご、ごめん。なんでもないの。矢神くんたち、もうすぐ出番だなって思ったら、わたしまでキンチョーしてきちゃって。自分が出るわけでもないのにね」

急いでならべたてたイイワケに、彼はきょとんと目を大きくする。

「……それは、大丈夫だ。しっかり走ってくるから安心しろ」

ぽんっとわたしの頭にのった手のひらが、くしゃっと髪をかきまぜる。

ごめん！　ごめん、矢神くん！

トキメクどころか、罪悪感で胸がつぶれそうだ。

ちょうどそのとき、呼び出しのチャイム音が鳴った。

六年生の選手は本部前に集合するようにって。

いよいよ、彼の出番だ。

「じゃあおれ、行ってくるな」

「う、うんっ。がんばってね！」

歩きだした彼を見送りながら、わたし、胸の底の不安が冷たく煮えたぎって、いてもたってもいられない。

彼が角を曲がったとたん、ババババッと全身のポケットを確かめ、……顔がまっしろになる。

やっぱりない。どこにもない！　さっ、探さなきゃ！

最後に桃花を使ったのは、選手控え室に行くとちゅうの通路だったよね。

たぶん、ケムリの中でだれかにぶつかった時、ポケットから落っこちたんだ！

わたしは超特急で駆けだした。

首のうしろの毛がびりびり逆立つのを感じながら、階段を下りて、通路を走って。

自動販売機の角を曲がり、ベンチがならぶ薄暗い通路に飛び出す。

最後に術を使ったのは、たしかこのあたりだっ。

通路を見まわして、ゆかに這いつくばってベンチの下も探す。

でも、桃花を入れたピンク色の筆筒は……見当たらない。

「――つ、次だっ!」

イキオイよく立ち上がり、もう一度来た道を引きかえす。

術を使った場所も、歩いた場所もぜんぶ探したと思うけど、どこにもない。

また控え室前にもどっちゃった。

わたしは肩で息をしながら、とうとう足が動かなくなる。

頭上のスピーカーから放送が入り、観客席の方から大きな声援が聞こえてきた。

『これより六年生競技が始まります。最初の競技は、女子リレーです。続きまして、女子百メートル走、男子リレー、男子百メートル走となります。選手の皆さんは所定の場所に移動してください』

そのアナウンスも、右の耳から左の耳へ抜けていく。

「……どうしよう」

だって、それどころじゃないよ！

わたし、ホントに桃花をなくしちゃった……!!

4 わたしの心カレ知らず

また左右二つのわかれ道にでた。

あ、ここ、通った。ちゃんと覚えてる。

右に行ったらダメなんだ。駐車場の出入り口に行っちゃうもん。

だから、迷わず左にまがった。そのままズンズン進んでいくと、通路に人の姿が増えてくる。

にぎやかな会話やはしゃぎ声も、だんだん増えてきて。

はあー、よかった！　正解だったみたい。

ホッと胸をなでおろした。


さっきまで感じていた心細さは、もう消えていた。

ぐるぐる歩いているうちに、どこに何があるのか、だんだんわかってきたんだ。

戻れるのも時間の問題だよ。

まるで見えない力に導かれてるみたい。

いったん立ち止まり、手のなかにある筆筒をジッと見つめる。

……ひょっとして、わたしを落とし主まで道案内してたりして？

そんなわけないか。迷子から脱出できそうなのは、ただのぐうぜん、だよね。

そう思いなおしたとき。

「こんなところにいた！」

とつぜん背後から、声をかけられて。

だれの声かわかったとたん、胸がきゅうんとなった。

どんなに小さなささやきだって、雑踏のなかにいたって、絶対に聞き落とさないよ。

胸をときめかせながら、ふり向く。

一人の男子が人ごみからあらわれて、わたしの目の前に立つと、ニコッと笑いかけてきた。

「ここで見つけられてよかった。気づかずに通りすぎなくてよかったよ」

カレのやさしい笑顔と言葉に、ドキッ。

期待をこめて、カレを見あげた。

「石黒くん、わたしをさがしてた……の？」

心臓が胸のなかで、トクトクいってる。

石黒くんは、やさしくささやくように言ってくれた。

「うん、ずっと向こうから、安藤さんをさがして歩いてきたんだ」

なんだか信じられないよ。

だって、石黒くん、選手だもん。わたしをさがすヒマなんてないのに。

うれしくって、かあっ、と耳まで赤くなっちゃう。

思わず、つま先で通路の床をゴシゴシなぞった。

そうしたら、石黒くんは、もじもじっとしたわたしにとまどうように、自分の髪の毛をクシャクシャにした。

「じつはトオルがさ、落ちこんでて……。それで、安藤さんをさがしてたんだ」

「え、トオルくんが？」

なあんだ……。

石黒くんが、わたしをさがしたのは、トオルくんのためなんだ。

ガッカリだけど、しかたがないよね。

石黒くん、友だち思いだもん。

わたしは、そんなカレが好きなんだ。

それにしても、気になるのはトオルくんだ。

あのいつも元気なトオルくんが落ちこんでるなんて。

トオルくんはリレーの選手に選ばれて、石黒くんと同じように、みんなから表彰台を期待されている。

彼自身も優勝へ向けて、自信たっぷりだった。

そこまで思いだしたとき、はた、と気づいた。

わたし、どのくらいの時間、迷ってた？

トイレに行ってから、たぶん、三十分くらいたってる。

そうだ、今は、リレーの予選が終わったくらいの時間だ！

まさか、負け……！

頭に浮かんだ言葉に、ハッと顔が青ざめる。

石黒くんは、わたしの考えを察知して、あわてて手を横にふった。

「ゴメン、ヘンな言い方して。だいじょうぶ、トオルは勝ったよ。決勝戦に勝ちすすめてる」

よかった……！　安心して肩から力が抜ける。

だったら、

「どうして落ちこんでいるの？」

勝ったなら、バンザイして大喜びしそうなものなのに。

首をかしげていたら、わたしを見つめる、石黒くんの瞳がクスッとゆれた。

「安藤さんがいない！　おれのリレー見てほしかったのに！　ってガッカリしてるんだ。あいつ、安藤さんに応援してもらえるって、はりきってたからさ」

そうだった！

わたし、トオルくんのリレーを見る、って約束してたんだ！

なのに、わたしったら迷子になってあわてちゃって。

約束のこと、すっかり頭から抜け落ちていたよ！

「トイレに行ったら、自分の席に戻れなくなったの。どうしよう。トオルくんとの約束、やぶっちゃった……」

「しかたないよ。競技場はこんなに広いんだからさ。おれだって、ちょっと迷ったし」

しょぼん、としたわたしをはげますように、石黒くんはニッと笑った。

「ええっ、ウソ！」

そんなの、ウソに決まってる。

思わず、声にだす。

「ホント、ホント！　だから、あまり気にするなよ」

石黒くんは、ちょっとおどけて肩をすくめた。

たった、それだけのことだったのに、気分がぐーんと晴れてきた。

カレのやさしさがうれしい。

胸がいっぱいになって、コクン、とうなずく。

だけど。

「それに、イチバン大事な決勝戦はこれからだしな。その前に安藤さんの方から、トオルに何か声をかけてやってくれる？　あいつも心配してたからさ」
と、石黒くんが話を続けた瞬間。
ふくらんだキモチが、いっぺんにぺしゃんこになってしまった。
石黒くん、また、わたしとトオルくんの仲を……。
胸がちくんと痛んだ。
返事をためらうわたしに、石黒くんはもういちど聞いてくる。
「ダメかな？」
ビクッとして、カレから目をそらした。
「ダメ、じゃない、けど――」
顔をかくすように、軽く頰をさわった。
石黒くんったら、ひどいよ。
告白して失恋してから、もう二か月くらいになるけれど。
わたしは、まだ石黒くんが好きなんだよ……！
カレにだけは、わたしの心を、ちゃんとわかっていてほしいのに――。
けれど、今は自分のキモチを言えない。

大事な競技会の真っ最中なんだから、メーワクに思われるだけだもん。

1％の恋をがんばる、って決めてはいるけれど、今はそのときじゃないんだ。

床に視線を落とし、しばらく間を置いた。

そして、声にならないほど小さな声で答える。

「わかった……」

石黒くんから、ホッと、ため息がこぼれた。

「ありがと、安藤さん。あいつ、きっとよろこぶよ」

わたしたちのあいだに、沈黙が流れた。

しばらく、その場に立ちつくしていると。

「それ、何？　筆……？」

きょとん、としたような、石黒くんの声。

カレの視線を手もとに感じて、わたしはバッと顔をあげた。

「そういえば、こ、これ！　落とし物なの。捨てるわけにもいかないし、どうしようかなと思って……！」

話題を変えたかったし、気まずいフンイキを吹き飛ばしたかった。

そんな思いが、わたしの声を力ませる。

「それでね、できれば、持ち主の人をさがしだせたらいいんだけど！」

石黒くんに、やわらかな笑顔が戻った。

「じゃあ、おれもいっしょにさがすよ。安藤さん一人にしとくと、また迷いそうだもんな」

思わぬカレの申し出に、目がパチクリ。

息をのんで、カレを見つめかえした。

ホントにいいのかな。

だって、それって、石黒くんと二人で歩くってことだもん。

「石黒くん、いいの……!?　だって、もうすぐ競技があるのに……」

カレのとなりを歩けるんだと思ったら、胸がドキドキしてきた。

まるでデートみたい……。

そんな夢のような気持ちに反して、筆筒の重みをずっしり手に感じた。自分の存在を忘れないで、とアピールされてるみたい。

「心配しなくてもいいよ。そのくらいの時間、余裕であるさ」

石黒くんが、わたしの目をのぞいて、うんとうなずく。

息をするのも忘れるほど、うれしくて胸がいっぱいになった。

ほんのひとときだけど、カレのとなりにいられるんだ。

石黒くんへの思いがかなわなくて、つらいことばかりだけれど、今はそれだけでいい。

ゆっくり、深呼吸をした。

それから、ニコッと笑う。

「あ、ありがとう……」

石黒くんが、あれ？　という顔をして、わたしに手のひらを向けた。

「安藤さん、その筆筒ちょっと見せてくれる？」

「へ？」

ビックリして筆筒を見た。べつに、おかしなところはない。

なんだろう？　と首をひねりながら、言われたとおりカレに筆筒をわたすと。

石黒くんは受け取るなり、筆筒の底が見えるようにひっくりかえした。

「ほら、見て！　ここに名前があるよ」

目をこらして、石黒くんの指の先をじーっと見つめる。

すると、そこには――。

『ひふみ学園　直毘モモ』

と、小さくキレイな文字で、しっかり書かれていた。

5 御筆をさがして

「あのっ！　落とし物に、筆筒が届いてませんかっ」

必死の表情で走ってきたわたしに、本部席のおじさんたちは顔を見合わせる。

「フデヅツ？」

「筆の、筒です。ピンク色の木製の筒で、中に筆が入ってるんです。ちゃんと直毘モモって、名前も書いてあるんですけど」

「筆……ねぇ」

おじさんは首をひねって、落とし物リストを調べてくれる。

なんで陸上の競技会に筆なんて持ってきてるんだって、確かにヘンだと思うけど、わたし、もうなりふりかまってられない。

走りどおしでバクバクしてる心臓を上から押さえて、ごくりと息をのむ。

「いやぁ、筆なんて届いてないねぇ」

「……そう、ですか」

もしかしたら、だれかが拾って届けてくれたかもって期待したんだけど。

たっ、大変だよ……っ、大変すぎる！

血の気が引きすぎて、手がぶるぶるしてる。

桃花がなくちゃ、わたし、マガツ鬼と戦えない。なんとしても見つけなきゃ。

心当たりのある場所はみんな探したけど、もう一度一周して、それで――、

「あ、ねぇ。キミちょっといい？　これ、グラウンドのスタッフまで届けてほしいんだよ。スタート台のうしろにパラソルが立ってるの見えるよね？　あそこまで」

ぐるぐる考えてるわたしをよそに、おじさんは会場のすみっこを指さしながら、わたしの手のひらに、ゴトッと重たい物をのせる。

「ピ、ピストルッ!?」

ぎょっとするわたしに、おじさんはアハハと笑った。

「スタートの合図に使う、音だけのニセモノだよ。もう火薬がきれちゃうのに、スタッフが換えを持ってくの忘れちゃったんだよねぇ。バタバタしちゃう前に届けてあげてよ」

えっ、でも、そんな時間ないよ!!

「す、すみません、わたし今、」

筆を探さなきゃだから、届け物どころじゃなくて。そう言おうとしたとき、

「ちょっとごめんなさいね。優先席ってドコですかねぇ」

おばあさんがわたしたちの間に入ってきた。

「ああ、ご案内しますね。じゃあピストルお願いね。ええと……、直毘さん」

おじさんはわたしの制服の名札を読みあげて、おばあさんと一緒に歩いていっちゃう。

他のスタッフさんたちもみんな忙しそうだ。うう、これはもう、急いで届けてきちゃって、それからまた桃花を探すしかない。

思いきったわたしは、ピストルをポケットに入れて身を反転させる。

筆を拾って盗んじゃうヒトなんていないと思うけど、一刻も早く見つけないと気が気じゃないよ。

コースでは、六年生女子リレーの予選がくりひろげられてる。

すごい歓声だ。今、リオが出てるはずだよね。

リオが走るとこ、すっごく見たいけど……、桃花が見つからないと応援どころじゃない。

わたし、このまま矢神くんや陽太くんの番も見そこねちゃうのかな。

ううん。ここはみんなが決勝まで勝ち進むって信じて、今は、桃花を探そう。

応援したくてここまで来たのに、こんな非常事態でかえって心配かけるなんて、絶対ダメだよ。

矢神くんに気づかれる前に、必ず見つけださないと。

もうホント……、わたし、なにやってるんだろう。

どん底まで落ちこみながら、女子選手たちの待機列の後ろを急ぎ足で横切っていく。

奥のほうに、ひふみ学園の体操服の一団が見えた。

そしたら——、
一人で壁に背をもたせかけてる男子に、自然と目が行った。

そのコは何か考えこんでるふうに腕を組み、きれいな顔をしかめてる。

「矢神くん」

思わず小さな声がもれちゃった。

わたし、なんでか人ごみの中でも、すぐ彼を見つけちゃうんだ。

でも同時に彼のほうも目線を上げた。その黒い瞳が、まっすぐにわたしをとらえる。

バチッと視線がぶつかって、心臓が大きく鳴った。

ま、まさか、あんな遠くまで、今のつぶやきが聞こえるはずもないのに。

びっくりして足を止めたわたしに、彼のほうもちょっと驚いたように目を大きくした。そして一直線にこっちに歩いてくる。

ひええっ、知られないようにって思ったそばから、さっそく発見されちゃったよ！

「モモ。こんなところでどうしたんだ」

目の前で立ち止まった彼は、心配と不審半々って目でわたしを見る。

「ちょ、ちょっと本部のヒトにお使いを頼まれてっ。このピストル、スタッフさんに届けるようにって」

「……そうか」

「うんっ。矢神くん、女子が終わったらすぐ出番だよね。が、がんばってね！　それじゃっ」

笑顔でとりつくろって、その場を脱出！

と思ったら、シャツのえりくびをぐいっとつかまれた。

「待て。……なにか隠してるだろう。主さま」

ぎくうっ。

わたしはふり返れないまま凍りつく。

「さっきも様子がおかしかった気がして、なにかあったのかって考えてたところだ」

「やっ、いえ、そのっ、ええと……っ」

ガマの油みたいに、冷やアセがだくだく出てくる。

本当のこと、ちゃんと言うべき？　すごく大事で大変なことなのに、パートナーにウソつくのなんてよくないよね。

でも――っ！

わたしは遠くの電光掲示板をあおぎ見る。

ずらり並んだ選手の名前の一番下には、すでに「矢神匠」って、彼の名前がある。

もう時間がないよ！

わたしが活躍を見られないのは自業自得だからしかたないけど、矢神くん、せっかく競技会を楽しみにしてたのに、ジャマできない！

背中を向けたまま、肩にぎゅっと力を入れて、そのまま動けないでいるわたし。

すると、彼の小さなタメ息が響いた。

「モモ」

耳のすぐ後ろに、低い声。

と思ったら両手で肩をつかまれて、くるっと半回転させられた。

突然目の前に現れた黒い瞳のキョリの近さと、その真剣な色に、わたしはぐぐっとノドがつまる。

「たぶんおまえ、おれの競技を心配してだまってるんだよな。けど、前に約束しただろ。パートナーは重い荷物を半分コって。だから、ちゃんと話せ。なにが起きたとしても、おれはモモの手を離さない」

安心させるようにほほえむ、彼のくちびる。両肩をつかんだ強い手のひら。

わたしはごくりとノドを鳴らした。

「…………実は、桃花を、なくしちゃいました……」

風の前のロウソク。ううん、台風の前のお線香みたいに消え入りそうな、わたしのコクハク。

矢神くんのほほえみに、ビシビシビシッと亀裂が入った。

この顔、わたし知ってる。

特大のカミナリを落とす直前の、スパルタコーチの、あの顔です……っ!!

近ごろめっきり「主さま」らしくなったから油断してた。おまえ、ホントにミコトバヅカイとしての自覚はあるんだろうな。あの御筆は、ほかに代えのきかない大事な武器なんだぞ。

などなど、お説教をいただきながら、わたしは彼とともに、桃花を落としたと思われる現場に急行中。

わたしは足をいそがしく動かして、でも顔を上げられない。

「矢神くん、わたし一人で探すよ。百メートル走の出番、間に合わなくなっちゃう」

「欠場でもいい。競技よりなにより、お役目だ」

きっぱりと言いはなつ矢神くんに、わたしは胸が苦しくて、なにも答えられない。

場内放送は、今回の競技選手の退場をアナウンスしてる。

この後すぐ女子百メートル走が入って、そしたらすぐ男子の順番だ。

わたし、なんであの時、ちゃんと筆筒がしっかり入ってるか確認しなかったんだろう。

だれかに衝突したあと、すぐにでもチェックしておけば、こんなことにならなかったのに。

時間を巻きもどしたいけど、もう取り返しがつかないよ。

自己嫌悪に、どんどん頭がさがっていく。

「本当にごめんなさい……、矢神くん」

何度目か、心からそう言うと、前を歩いてた彼がぴたりと足を止めた。

そして大きな息をついてから、わたしに向きなおる。

「いいか、モモ。おれが怒ってるのは、御筆をなくすなんていう、とんでもない不注意もだが、
それよりも、おれに隠して一人でどうにかしようとしたことのほうだ。万が一、また窮地と思う

事態におちいったら、すぐに言え。おれは、ミコトバヅカイの当主、直毘モモが信頼するパートナーなんだよな？」

彼の黒い瞳が、わたしの心を確かめるようにまっすぐに見つめてくる。

わたしはその瞳を受け止めて、しっかりとうなずいた。

「……うん。分かった」

「よし」

強い瞳が、ふっとやわらかくなる。

彼は少し間をおいて、それに、と言葉を続けた。

「モモ、おれのために、一人で邪気を散らして回っててくれたんだろ。ありがとな」

「えっ。矢神くん、気づいて、」

「まぁな」

一人で動くと心配かけるから、こっそりサポートしようと思ってたのに。そんなのお見通しだったんだ。

目を丸くするわたしの肩に、彼の手のひらがのった。

「ともかく、早く見つけるぞ」

「うん！」

再び前に足を踏みだすわたしたち。

けど、急に矢神くんが周囲を見まわし、何かをうかがうように目をこらした。

彼の視線の先は、控え室に続く通路だ。

「どうしたの？」

「まずい、モモ。邪気が急に濃くなった。マガツ鬼が出てきたかもしれない」

今、桃花がない、この状況で――!?

わたしたちは顔を見合わせ、サッと青ざめた。

6 事件発生……!?

石黒くんのおかげで、筆筒の持ち主の名前がわかった。

それにしても、なんで、こんなところに筆筒が落ちていたんだろう。

筆といえば、結びつくのは書道だ。競技場には似つかわしくないような気がする……。

その理由について、わたしと石黒くんで考えてみたけれど、いくら考えたところで何も思いつかない。

だけど、学校名まで書いてあるくらいだもん。きっと大切なものにちがいない。

ということは、わたしたちのやることは一つだけ。

この筆筒を、大会本部に届けさえすればいいんだ。

そうしたら、確実に持ち主の手にわたるよね。

筆筒を見つめ、ぐっ、とにぎりなおす。

待っててね、ひふみ学園の直毘モモさん――――!

さっそく、わたしたちは本部に向かって歩きだした。

今度は石黒くんといっしょだから、だいじょうぶ。順調に本部までの距離を縮めていった。

けれど、あと、もうひとつ角をまがったらたどりつける、というところまで来たとき、異変が起こった。

「安藤さん、ストップ！」

横からサッと石黒くんの手がでてきて、わたしの歩みを妨げたの。

にこやかにほほえみを浮かべていた石黒くんの表情が、すこしこわばっている。

「どうしたの？」

進行方向に目を向けたままのカレの視線をたどっていって、「あ！」と大きな声をあげてしまった。

通路の真ん中で二人の男子が、もめている！

「さっきのリレー、わざとぶつかってきただろう！」

「何言ってんだ、おまえの方がぶつかってきたんだろ！」

「なんだと！」

たがいに意見をぶつけあって、どちらもゆずらない。

ジリジリ二人のあいだの距離が近づいていく。

今にも手をふりあげそう！

「石黒くん！」

とっさにカレをふり向く。

「まずいな……」

石黒くんは、彼らを見つめたまま、つぶやいた。

通路には、わたしたちのほかにも数人いて、ケンカの行方をハラハラしながら見ている。でも、だれ一人として、その場から一歩も動くことができない。

はやく止めなきゃ……！

そうわかっているのに、わたしも足がふるえて。

すごく怖いけど、とまどっていられない！

今まで生きてきたなかでイチバン勇気をふりしぼり、前にでる。

ところが、すぐに肩をぐっとつかまれて、元の位置に引き戻されてしまった。

「近づいたらダメだ！」

わたしの肩をつかんだのは、ほかのだれでもない、石黒くんだった。

とがめるようなカレの視線と荒い息に、ドキッ。

わるいことをしようとしたところを見つかって、つかまえられたような気分になる。

「でも、このままにしとけないよっ。だれかがケンカを止めなくちゃ！」

言い訳をするように、早口で言ったら。

わたしの肩をつかんだまま、石黒くんが声を荒げた。

「だからって、どうして安藤さんがやらないといけないんだ！　見ればわかるだろ、ケガをするかもしれないんだぞ！」

カレの言葉は、日常からくっきり浮きだして、わたしの耳に届いた。

いつもだったら、わたしを心配してくれるカレのキモチは、とてもうれしいはずなのに。

どうしてなんだろう。カレの言葉にイライラが止まらない。

「石黒くん、ちゃんとまわりを見て！　わたし以外、みんな選手なんだよ！」

わたしも、つい腕をふりあげて大きな声をだした。

見てのとおり、ここに集まっている人たちは、みんな体操服姿だ。選手だとすぐにわかる。

だからこそ、ヘタにケンカを止めに入って、ケガをするわけにいかないんだ。競技にでられなくなってしまうもの。

ここは、わたしがやるしかないんだ！

正しいことをしようとしているだけなのに、どうしてジャマをするの？

「わたし選手じゃないから、ケガをしたっていいんだよ！」

腹立たしい思いを、カレにぶつける。

石黒くんの目つきがサッと変わった。

「安藤さんが危ない目にあうの、おれがだまって見ていられると思うのか!?」

カレの目の中に黒い影が見えたような気がした。
同時に、すごい力で肩をぎりっとしめつけられる。
「い、いた！　やめて……！」
けど、石黒くんはやめてくれない。ますます、わたしの肩をしめつけてくる。
だれか、助けて――!!
すがるように手のなかの筆筒を、ぎゅうっとにぎりしめた瞬間。
あれ……？
スーッと、いらだちがひいていった。
おかしいな。ケンカをしているのは、あの人たちなのに。
なんで、わたしと石黒くんまで言い争いを……？
急に痛みが消えて、肩が楽になった。
「あ、おれ、どうして、安藤さんと……？」
いつもの声。いつもの石黒くん。
カレはわたしの肩から手をどけると、ひどく混乱しているように頭を軽くふった。
そして、何かを思いだしたように、バッと顔をあげる。

「ゴメン、安藤さん！　いたかっただろ？」

さっき怒鳴ったときの声と同じボリュームで、わたしに話しかけてきた。

カレの瞳からは、すっかり影が消えていた。心配そうなまなざしで、わたしを見つめてる。

こんなときに不謹慎だと思いながらも、トクンと胸がときめいてしまった。

だけど、今は、ときめいてる場合じゃない。

「ううん、平気だよ。それより見て、石黒くん……！」

いつのまにか、通路のあちらこちらで、怒鳴り声があがっていた。

ほかの人たちまで、近くにいた人同士でののしりあいをはじめていたんだ。さっきまでのわたしたちと、まったく同じ状況だ。

まわりにいる人たちが、「おい、やめろよ！」と、あわてている。

「いったい、どうなってるんだ。いっぺんにケンカが起こるなんて、フツウじゃない！」

石黒くんの言うとおりだ。

こんなのフツウじゃない。絶対ヘンだよ！

わたしたちには見えない、わるい何かが、どんどん人から人へと感染しているように見える。

大人の手を借りなきゃ、おさまりそうにない。

「すぐに本部に行こう。助けをよびにいくんだ！」

石黒くんも、わたしと同じことを考えたみたい。

カレの言葉に迷わず、うん、とうなずく。

「安藤さん、こっち！」

石黒くんに誘導されて、人ごみをすり抜けようとした。

でも、どうしてなのか、踏みごたえのない地面を進んでいるようだった。歩くというより、水のなかをかきわけて進んでいるような感じで。

息苦しい。思わず、手で空気をかく。

風が動くように、石黒くんがサッとふり向いて、わたしの手をシッカリつかんだ。

「少しのしんぼうだから、がんばれ！」

その手から、あたたかい体温と勇気が流れこんできて。

わたしは、一歩一歩、足を踏みだすことができた。

そのまま手をつなぎながら歩いていくと、フッと体が軽くなった。

「このあたりは、だいじょうぶそうだ」

石黒くんの肩から力が抜ける。

見ると、ここはまだ、騒ぎが到達していなかった。選手も応援に来た人たちも、フツウに歩いている。

本部まで、あと少しの距離。

あと、もうちょっとだ。

そう思ったときだった。

「ばかやろう！　もういっぺん、言ってみろ！」

と、いきなり罵声が飛んできたの。

起きてほしくないことが、起きてしまった。

それまでなんともなかったのに、石黒くんの近くを通りすぎようとしていた男子が、そのとなりにいた人につかみかかっていったの。

石黒くんがハッと血相を変えた。

「安藤さん、はやく――」

わたしをふり返ったままの石黒くんの背後で、手が大きくふりあげられる。

「あぶない!!」

わたしは、夢中でさけんだ。

7　ビックリだらけの出会い

パシッ！

高い音がひびいて、

「きゃっ！」

短い悲鳴をあげた女の子が、グラリとよろめく。

その背中を、そばにいた男子がすぐさま受け止めた。

「いてっ」

二人はそのまま、ゆかに倒れこむ。

邪気を追ってたどりついた、バックヤードの通路。

目の前でくりひろげられた事態に、わたしは息をのんだ。

となりに駆けどまった矢神くんも、大きく目を見開く。

彼はすぐに両腕を大きく開くと、パンッと強く拍手を打った。

その澄んだ大きな音が、わだかまってた黒霧をみるみる散らしていく！

さすが文房師の矢神くん、邪気を一気に清めてくれた！

霧の晴れたむこうには、倒れた二人。

その前に、デザインのちがう体操服を着た男子二人が、おたがいに胸ぐらをつかみあったまま凍りついてる。

邪気が散ったおかげで我に返ったのか、二人とも目をぱちくりして、手をふりあげてたほうのコはサッと顔を青くした。

状況からして、男子二人のケンカに関係ないコが巻きこまれて、たたかれちゃったみたい……！

邪気はきっと、この二人のケンカが発生源だったんだ！

「おまえたち、体操服を着てるなら選手なんだろ。今日、何のためにココに参加してるんだ。しっかりしろ」

矢神くんの鋭い瞳に見すえられて、彼らはウッと押しだまる。

そして彼のハクリョクに恐れをなしたのか、

「す、すみませんでしたっ！」

ぺこりと頭をさげて、さっと逃げだした！

「あっ、待って！」

わたし、思わず追いかけようと動きかけたけど――、

「安藤さん、大丈夫!?」

背中に響いた男子の声に、足を止めた。

ふり返ったら、倒れた女の子――安藤さんを受け止めた男子が、すごく心配そうに顔をしかめて、彼女をのぞきこんでる。

「ぜんぜん大丈夫だよっ、石黒くん。ちょっとかすっただけだから」

彼女はゆっくりと顔を上げる。

そして大きな瞳にうっすら涙をためて、それなのに、にぱっと笑った。

相手の男子に向けたその表情に、わたし、胸がどきりと鳴った。

一生懸命な瞳にたたえられた熱い想いが、涙といっしょに、きらりとキレイに光ったように見えて。

こんな状況なのに、ニブいわたしでも気づいちゃった。

このコ、たぶん……好きなんだ。相手の男子のこと。

「でも、安藤さん……っ、」

石黒くんって呼ばれたその男子は、くやしそうにくちびるを噛み、安藤さんのたたかれた頬と、涙のたまった瞳を見つめる。

すると彼女は、あわててゴシゴシッと手の甲で目をこすった。

「ほら、大丈夫！」

あらためて笑ってみせた彼女は、こっちがホッとしちゃうような、明るくてかわいい、ひまわりみたいな笑顔。

そして男子のほうは、今はフクザツそうな顔をしてるけど、さわやかな顔立ちの、きらきらオーラがまぶしいような、カッコいいコだ。

向かい合った二人のキョリが近いせいかな。

そんな場合じゃないのに、お似合いだな、なん

て思っちゃった。

「モモ。邪気が完全に消えたわけじゃない。さっきのヤツらだけが原因じゃなかったのかもしれない。気を抜くな」

きょろきょろ周囲を見まわしてた矢神くんが、わたしの耳に小さな声を吹きこんだ。

わたしはくちびるを横に結び、強くうなずく。

まずはとにかく、この女の子がケガしてるようだったら、救護テントに連れて行かなきゃだ。たしか本部の近くにあったよね。

「あの、たたかれたところ、大丈夫ですか？」

わたしはぱたぱた駆けよって、安藤さんのところでヒザをつく。

「あ……、ハイッ。もう痛くないですっ。ありがとうございます！」

いきなりちがう学校のコに声をかけられて、おどろいたのかも。

彼女はわたしと矢神くんを交互に見て、目をしばたたいた。

よく見てみたら、彼女のほっぺた、うっすら赤くなってるだけだ。アザにはならないで済みそうだけど、冷やしたほうがいいかな。

ひとまずホッと息をはいたわたしの横で、矢神くんも、座りこんでた石黒くんに腕を伸ばした。

「足痛めてないか？　その体操服、おまえも選手だろ」

「おれは尻もちついただけ。サンキュ」

手を取って立ち上がった石黒くんは、やっぱり心配そうに安藤さんをふり返る。

二人はちょっと見つめあって、微妙な間を置いて、それぞれ視線をひきはがした。

もしかしたらカレカノなのかなって思ったけど……。

今の感じだと、なんかちょっと、難しいのかな。

わたしはこっそり二人を見くらべる。

……でも、恋する女の子ってスゴイなぁ。

わたしたちが現場に駆けつけた時、ケンカに巻きこまれてたたかれそうだったの、石黒くんのほうだったように見えた。

そこに、彼女がとっさに割って入って、彼をかばおうとして——。

あんなふうに無意識に体が動くのって、相手のコト、すごく大事に想ってるからだよね。

安藤さんが石黒くんを見つめる横顔が、女同士なのにドキッとしちゃうような、切ない表情で。

思わず見つめてたら、彼女の顔がくるっとこっちを向いた。

「えっと、ありがとうございました」

そう言いながら彼女の目が、わたしの制服の名札においりていって——、
とたん、

「あ、あ、あ〜っ!!　直毘さん!!　直毘モモさん!?」

「ひゃっ、ひゃいっ!!」

いきなり大声でフルネームをさけばれて、わたし、思いっきり舌を噛んだ。

「いひゃいっ!」

立て続けにヘンな悲鳴をあげたわたしに、安藤さんも、それに矢神くんと石黒くんも、目をまんまるにする。

そして右と左と上に、三人それぞれ視線をそらした。

……………ずきずきする舌に涙目のわたしを取り残して、し——ん、と、突然のチンモク。

「……あ、あにょ、どうしたにょ？」

まだマトモにしゃべれなかった。

と、安藤さんが堪えかねたみたいに、ぷはっと噴き出した。

矢神くんはこぶしを、石黒くんは手のひらをパッと口もとにあて、肩を震わせる。

けどそれも一秒ともたず、とうとう三人そろってアハハと声をたてて笑いだす。

ううっ、その場の空気が軽くなってなによりだけどっ、わたしは恥ずかしすぎて、穴掘って埋まりたいよ……っ。

みるみる真っ赤になっていくわたしの背を、矢神くんが優しくたたいた。

「モモ、知り合いなのか？」

まだ笑いのおさまらない彼にウググとうなってから、安藤さんに目を移す。

彼女はにっこりほほえんで、わたしを見つめてる。

……でもわたし、彼女とは初対面だよ、ね？

「あの、もしかしたら、どこかで会ってました……？」

おそるおそる聞いてみたら、安藤さんはううんと首を横にふった。

「ちがうんですっ。渡したいモノがあって」

「うん。おれたち、届けモノがあって、直毘さんをさがしてたんだ」

石黒くんの視線を受けて、安藤さんはポケットに手を入れる。

彼女はスッと引き抜いたそれを、わたしの手のひらにのせてくれた。

——ピンクの、筆筒。

「直毘モモ」って書いた、わたしの字。

「桃花だっ!!」

わたしは今度こそ舌を噛まずに、今日一番大きな声でさけんだ。

8 「なかよし」な二人の正体は?

その二つ結びの女の子——直毘モモさんは、わたしの手を両手でギュッとにぎりしめてきた。

「本当に本当に、ありがとうございます！　とても大切なものなのに落としてしまって、本当に本当に困っていたの……！」

「本当に本当に」と、彼女は同じ言葉を何回も繰り返していた。

力強くにぎられた、その手は少し汗ばんでいる。

あちこちさがしまわったんだろうなあ。

彼女の言ってることは真実だと、その手が物語っている。

心の底から安心したような笑顔を見せた彼女に、わたしも顔がほころんだ。

「お役に立ててよかった、です！」

と、彼女の手をにぎり返す。そのあとで、「しまった！」と思った。

ただ、落とし物を届けて、お礼を言われただけなのに。

あんまりうれしかったから、つい、力が入りすぎちゃった。

ちょっと大げさな反応だったかなあ……ううん、ひかれちゃったりして。

でも、よけいな心配だった。

直毘モモさんは、となりにいる男子とうれしそうに、筆筒が見つかったよろこびを分かちあっている。

チラッと聞こえてきた二人の話によると、その筆筒は彼にとっても大切なものらしい。

「重ねて言うが、二度となくすんじゃないぞ！　肌身はなさず持っているんだ」

と怒った口調で指図した彼は、まるでスパルタコーチのいで立ち。

けれど、彼女を見つめる彼のまなざしはあたたかい。

どこか生意気さを漂わせていた表情は、やわらかくて。

石黒くんに片思い中のわたしまで、つい、「いいなあ」と見とれてしまう。

「うん、わかったよ、矢神くん！」

直毘モモさんも、ニッコリ笑顔でうなずいて答える。

そんな彼女が、とてもかわいかったから。

あ、この二人、なかよし、なんだ——！

唐突に、そう思った。

けど、ただの「なかよし」じゃないように思える。何か、強い絆で結ばれているような気がするよ。

もし、それが小指と小指をつなぐ赤い糸で結ばれた絆だとしたら、とってもロマンチック。

片思い中のわたしにとって、すごくうらやましいかぎりだけど、ただのカレカノ、ってわけじゃなさそうだし。

いったい、どんな関係なんだろう……？

二人をとりまく空気が、ふんわりとやさしかったので、見てるこっちがドキドキしてしまった。

はっ！

ワクワクしながら二人を見ていた自分に気づき、あわてて目をそらした。

うわあ、わたしったら、思いっきり見すぎだよ〜〜〜！

だけど。

うれしいなあ。二人の助けになれて。

あらためて強くそう思い、一人でニッコリほほえむ。

すると、さっきまでの緊張が一気にほどけたせいか、鼻の奥がツンとかすかに熱くなってきて。

いけない、人前なのに！

パクッとあわてて口をとじ、鼻をつまんだ。

うっかり涙腺が崩壊するところだった……。

じつは、泣きそうになったのは、たたかれて怖かったせいでも、そのときできたキズが痛かったせいでもない。石黒くんにケガがなくてホッとしたからなんだ。

石黒くんを守ることができた。

わたしにとっては、それがイチバンうれしいの。

よかった、石黒くんにケガがなくて……！

自分でも信じられないよ。あんなことができたなんて……。

そろそろ息が苦しくなってきた。

涙がおさまったので、鼻をつまんでいた手をはなす。

しあわせと満足感を胸いっぱいに感じながら、直毘モモさんから石黒くんへと視線をうつすと。

石黒くんは、わたしたちから少しはなれたところにいた。

ムスッとしながら、まわりに視線を向けていて、わたしたちの近くを通りすぎる人たちを、くまなくチェックしている。

そんなフキゲンそうなカレを見つめて、ハッと思い当たった。

もしかして、わたしのせい!?

また同じようなことが起こらないか心配して、見張ってくれているみたい。

レースのことだけに意識を高めて、集中しないといけない大事なときなのに、結局カレをトラブルに巻きこんじゃった……。

石黒くんにとっては、うれしくないことだよね……。

胸が、じくじくと痛む。

「ごめんなさい」とも「ありがとう」ともちがう。

こんなときに言うべき、ふさわしい言葉をさがしたけれど、すぐには見つからない。

どうしよう、と立ちつくしていると、直毘モモさんが声をかけてきた。

「あの、ほっぺ、すごく痛いですよね? 救護テント、いっしょに行きませんか?」

人のよさそうな笑顔を向けられて、あわてて両手を横にふる。

「あ、いえ! 一人で行けるから、だいじょうぶです!」

と言いながら、彼女のとなりから片時もはなれない、黒髪の男子の様子をうかがった。

彼も石黒くんと同じく体操服姿だ。

そんな彼に対し、直毘モモさんは制服姿。

彼女がここにいるのは、ほかでもない。彼の応援に来たんだとわかる。

じゃ、ジャマをしちゃわるいよね。

そもそもこんなケガをしたのは、自分のせいなんだし。

「それじゃあ、用が終わったので、これで！　失礼しまーす……！」

アハハと笑いながら、石黒くんの方へと行きかける。

ところが。

「まだ、あぶないかもしれないから！」

直毘さんに、ぐいっと腕をひっぱられて。

「え、あぶない……？」

彼女たちの方をふり向いた。

あぶないって、なんのこと……？

彼女の口から発せられた言葉が理解できず、小首をかしげる。

直毘さんから「矢神くん」とよばれた男子の目が、キリッとつりあがった。

「モモの言うとおりだ。さっきみたいなのが、まだいるかもしれない。おれたちに救護テントまで送らせてくれないか？」

彼の言うことも、サッパリ。ちんぷんかんぷんだ。

「さっきみたいなのが、まだいるかもしれない？」

もうケンカは終わったし、ほかの騒動も今のところ起こってないから、そんなにあぶないことはないと思うのだけど……。

あぜんと、二人の顔を見つめた。

「心配しすぎかもしれないけど、つきそわせて！　おねがいします！」

「油断大敵っていうしな！」

だけど、二人ともからかってる様子はない。まじめな顔で、わたしをジッと見つめかえしてくる。

二人がそう言いだしたのには、きっと何か理由がある……気がする。

それなら、話してくれたらいいのにな、って思ったけど。

さっき、いっぺんにあちこちで起こった、あのケンカを思いだしたら、また頬がヒリヒリするのを感じた。

あれは本当に、不可思議なできごとだった。

急に起きた騒ぎはもちろんのこと、そのあとのことも。

「あれ、どうしたんだ？　おれたち……」

まるで、つきものが落ちたように、ケンカしていた人たちはケロッとして、何も覚えてないようだったの。

今、騒ぎは落ち着いている。

それなのに、同じようなことが、また起こるっていうの？

二人の真剣な表情と口ぶりに、とまどってしまった。

「あ……えっと……」

どうにも返事ができなくて、口ごもる。

「安藤さん！」

石黒くんがやってきて、わたしのとなりに並んだ。

「おれをかばって、ケガさせてゴメン……！　安藤さんがケガをしたのは、おれの責任だ。救護テントまでつきそうよ」

ええっ、石黒くんまで!?

わたしたちの会話が聞こえてた？

思わず、目をパチクリ。まばたきを何度もする。

そんなわたしがおかしかったのか、石黒くんはクスッと笑った。

「忘れたの？　安藤さんのエスコートは、おれの役目だろ？」

うひゃっ！

「「エスコート？」」

直毘さんと矢神くんが声をそろえて、きょとんとした。

は、恥ずかしい！

手足をバタバタさせて、思いっきり否定する。

「い、石黒くん！　それは、学校のなかだけの話だよ。ここでは関係ないよ……！」

なんてことない。このエスコートっていうのは、わたしたちの担任、リンダちゃん先生のおちゃめな思いつきなんだ。

わたしが転校生で学校に不慣れだから、となりの席になった石黒くんに先生が頼んだだけなの。

特別な意味はない、ってわかってる。それでもカレのキモチがうれしかった。

だって、わたしのこと、気にかけてくれたんだもん。

なんだか胸がくすぐったくて、じっとしていられないよ。

けど、わたしがケガしたのは、自分のせい。

わたしが勝手にやったことだもの。石黒くんに責任なんか感じてほしくない。

「だいじょうぶ、だいじょうぶ！　このくらい、なんともないよ。ぬらしたハンカチかなんかで冷やせばいいんだから！」

重く考えてほしくなくて、救護テントに行くのはやめると伝えた。

なのに、石黒くんは、クスリとも笑えないことを言ってくる。

「ダメだよ。ちゃんと手当てしないと、あとから腫れてくることだってあるんだぞ！」

「ええっ！」

思わず、ほっぺがぷくーっとなった自分の顔を想像しちゃった！

ただでさえ、まるいとお兄ちゃんにからかわれる、この顔なのに。

うう、それはイヤだなあ。

自分の顔に、焦りが広がるのがわかる。

言葉をつまらせたわたしに、直毘さんが明るく笑いかけてきた。

「わたしたちにえんりょしなくていいですよ！　いっしょに行きましょう！」

「筆筒をひろってくれた恩返しだと思ってくれ。受けた恩はキッチリ返さないと、おれたちだって、ご先祖さまたちにあわせる顔がないんだ。な、主さま？」

と、意味ありげに目をあわせた二人。

ご、ご先祖さまに、主さま!?

なんのことだか意味不明だけど、すごい話になってきた。

とにかく、直毘さんにも矢神くんにも、ここまで言われてしまっては、これ以上ことわれない。

三人の視線をひしひしと感じる。

わたしが「うん」と返事さえすれば、まるくおさまるんだよね……。

「えっと、じゃあ、みんなで救護テントに連れてってください。よろしくおねがいします……」

ペコッと頭を下げる。

なんかヘンだなあ、なんでわたしがおねがいしてるんだろう。

と、首をひねらずにはいられなかったけど。

こうして、四人そろって救護テントに向かうことになった。


「じゃあ、直毘さんは応援で来たんだ」

「う、うん。体育って、どうしてもニガテで……」

直毘さんとわたし、矢神くんと石黒くん。

気づけば、男女にわかれて話をしながら通路を歩いていた。

わたしたちは、おたがいの学校の様子を話した。

聞いたところ、直毘さんたちの学校は私立の小中一貫校だから、うちの学校とずいぶんちがうみたい。たくさんテストがあるんだって。

うわあ、たいへんそう……。わたし、公立でよかったよ。

それに、陽向小じゃないと、石黒くんに会えなかったわけだし、もちろんチーム1%もなかった。うちの学校を選んでくれた、お父さんとお母さんに感謝しなくちゃ。

そういえば、石黒くんは、矢神くんとどんな話をしているのかなあ。

二人の声がここまで聞こえてこないから、よけいに気になっちゃうよ。

男子たちの様子をうかがおうとして、ふと前方を見る。グラウンドへの出口が見えてきた。

あ、あそこ！　わたしがさがしていたエリア『B』だ！

なあんだ、こんなところにあったんだ。意外とあっさり戻れてしまったなあ。

わたしって、ホントにダメダメだよね。一人じゃ帰ってこられなかったんだもん。

なかなか戻らないわたしに、夏芽たちも心配してハラハラしているだろうなあ。

もともとの目的の場所が見えてきて、ホッとしていると、

「ワ――――――ッ！」

すごい歓声が聞こえてきて。

今、なんの種目をやってるんだろ!?　とグラウンドの様子が気になってしまった。

トオルくんや、るりや夏芽がでてるかも！　だとしたら、はやく応援に行かなくちゃ！

救護テントに行く前に、観客席によりたくなった。

石黒くんに相談しようとふり返ったら、

「マガツ鬼だ!!」

矢神くんが、大きな声でさけんだの。

へ、まがつき……?

何それ……!?

わたしも、石黒くんも、ただ、その場にボーゼンと立っていた。

そんなわたしたちとは正反対なのは、直毘さんと矢神くんだ。

まるで、こうなることを予想していたかのように、矢神くんは黒い指ナシの手袋をとりだし、
ギュッとその手にはめた。わたしのとなりにいる直毘さんに、キリッとした視線を送る。

「二人ともあぶないから、ここにいて!」

矢神くんに大きくうなずきかえした直毘さんは、緊迫した表情で、わたしと石黒くんにそう告げた。

9　わたしたちを信じて！

『競技は中断しています。危険ですので、ロビーに避難してください。くりかえします。危険ですので、ロビーに避難してください』

館内に響きわたる非常放送。

観客席のゲートから駆けこんできたヒトたちが、青い顔で「魚がっ、魚がっ！」ってさけんでる。

どよめくヒトたちの中、わたしたち四人は顔を見合わせた。

「さ、魚？　魚がどうしたんだろ」

安藤さんが心細そうにきょろきょろする。

「競技が中断って、よっぽどのコトがあったみたいだな」

石黒くんも周囲をうかがって――、ハッとして、ロビーの大画面モニターを指さした。

「あれっ！」

固定カメラで映し出されたグラウンドに、わたしも息をのんだ。

グラウンド自体は、もうみんな避難してガランとしてる。

でもそのかわりに、芝一面、なにか銀色に光るモノがたくさん落っこちてるのが見える。

それは空からひっきりなしに降ってきてるみたいで――。

雨、じゃない。長さ一メートルはありそうな、細長いモノ。

形からして雹や霰じゃない。それに、くねくね動いてるような――!?

ちょうどカメラのまん前に落ちたソレに、わたしは目をしばたたいた。

びちびちっと尾をふってのたうちまわる、

「魚だ……!!」

魚が、空から大量に降ってきてる！

しかも今、シュッと画面を横切っていった鳥は、こんな街のグラウンドになんているはずのない、あざやかな青いつばさの鳥、カワセミ！

カワセミはもう一度宙に舞い上がり、次の瞬間、カメラに向かって突進してくる！

みるみる迫る、カワセミの鋭いクチバシ！

それを最後に、映像が真っ暗になった。カメラを壊されたんだ。

「モモ。あのカワセミがマガツ鬼だな」

「じゃあ、魚を雨みたいに降らしてるのも、あのカワセミのしわざ……！」

こんな状況じゃ競技会は中断どころか中止になっちゃうし、そもそもあのマガツ鬼が、だれかをケガさせるようなコトをしはじめるかも！

今すぐ止めないと！

「矢神くん、行こう！」

「ああ！」

わたしはいつもの気弱な顔をきゅっと引きしめ、安藤さんに届けてもらったばかりの桃花をにぎりこむ。

そして、すぐさま走りだした！

「えっ、ちょっと待って！　二人とも、どこ行くの!?」

後ろに安藤さんの声が響いたけど、一刻も早く、マガツ鬼を倒さなきゃ！

わたしたちは逃げてくる人々の波にさからって、もみくちゃになりながらゲートを目指す。

けど、たどりついたゲートは、まさに今、非常用のシャッターが下りてきてるところだ。

足もとがもう、十センチも開いてない！

「モモッ！」

「うん！」

矢神くんが渡してくれた、文房師特製の五角形の白札。

わたしはそれをハシッと受けとり、札の表に、御筆・桃花を走らせる！

「ミコトバヅカイの名において、桃花寿ぐ、コトバのチカラ！」

呪文とともに投げつけた札は、風をきって飛んでいき、べしっとシャッターに貼りついた！

ぼんっ！

札の貼りついたところから白いケムリが噴きあがり、視界をおおう。

でもわたしも矢神くんもそのまま足を止めずに、ケムリの中を駆けぬける！

その先には――、すっかりシャッターが上がった、青い空をのぞかせるゲート！

わたし、**閉**の漢字のパーツの「才」を「开」にして、**開**に書き換えたんだ！

「才」は**「門を閉ざす木材」**を表すパーツだから、それを**「かんぬきを外して、両手で開く」**絵を意味する**「开」**のパーツにしたの。

こうやって漢字のパーツを変えたり字をたしたりして、札に書いた字をゲンジツのものにするのが、ミコトバヅカイが使う、ミコトバの術なんだ！

わたしたちは、勢いよくグラウンドにおどり出た。

――そしたら、モニターで見たまま、空から次々と降り落ちてくる魚と、宙を滑空する、マガツ鬼のカワセミが目に映る。

「ひ、ひどい……っ」

鯉によく似たカタチの、巨大な魚だ。

そんなのがのたうちまわってるせいで、せっかく引いてある白いラインも、もうめちゃくちゃ。

カワセミは地面に滑空してくると、そのクチバシで芝を食いちぎって、また空にもどっていく。

その芝草を宙にふりまくと、クチバシの中から生みだした黒い札――マガツ鬼が使う攻撃用の札を、芝草にむかって吐き飛ばす！

はらはら舞い落ちていく草は、黒札が放った赤い光にのまれた。

瞬間、そこから大量の魚が生まれて、ぼたぼたと地面に落っこちていく。

あのカワセミ、**「芝草」**を**「魚」**に書き換えてる……!?

でもどうやって？

足もとでのたうつ魚に目を落とした。


きみも「いみちぇん！」にトライ！

ミコトバ道場

問題

心に一文字足して、ところてんに変えよ！

心↓心□

□に入る漢字を考えてみよう！

さっぱりしてて、暑い夏に食べたくなるところてん。実は別名があるって知ってた？　その別名は「こころふと」。だから「心」が当てられてるんだよ。残りは「ふと」の部分だね。さあ、なにが入るか考えてみよう！

答えはつぎのページ！

鯉に似てるけど、大きさがちがう。それで、芝草から書き換えられる魚は――っ！

ひらめいたと同時に、わたしはヒュッと息を引き切る。

「矢神くん、タイヘンだよ！　これ『草』たす『魚』で

草魚（そうぎょ）！　鯉の仲間の魚だっ。このグラウンド、芝草なんて数え切れないほど生えてるもの。あの調子でどんどん草魚にされたら……っ」

「この競技会自体、中止になるかもしれないな。あのマガツ鬼は、まさにそれを狙ってるんだろう。競技ができなくなって、それを残念がる人間が邪気を出すよう、誘導したいんだ」

くやしそうに言う矢神くんに、わたしはギュッと下くちびるを噛む。

この競技会、楽しみにしてたのは矢神くんだけじゃない。

選手のコたちは今日のために、ずっと前から練習をがんばってきたんだし、観客のヒトたちもみんな、あんなに心をこめて応援してたのに。

なのにその気持ちを引っくり返して、邪気を出させようだなんて……っ。

答え

正解は…太!!

心＋太→心太。

心太は中国から伝わったといわれているの。当時は「こころふと」って呼んで、漢字を当ててたんだけど、その後呼び方が変わって、いまの「ところてん」に落ち着いたんだって！

そう思ったら、おなかの底から熱くチカラが湧きあがってきた！

「競技会のジャマなんて、させないよ――！」

次の白札と桃花をにぎりなおし、いざ！

そう思った瞬間。

「なにやってるんだよ！　危ないだろ!?」

強い力で肩を引っぱられて、わたしも矢神くんも、後ろをふり返った。

そしたら……、石黒くんが肩を上下させて、わたしたちに厳しい顔を向けてる。

それにすぐ後ろに、安藤さんまでハアハア言いながら、追いついてくる。

「な、直毘さんたちっ、外、アブないからダメだよっ」

息をきらしながら言う彼女に、わたしは桃花と、外のヒドい騒ぎに視線をめぐらせ、もう一度彼女へ目をもどす。

ど、どうしよう。お役目はヒミツだから、説明なんてできないし……っ。

思いもよらないことになっちゃって、とっさに言いわけが思いつかない。

わたしは矢神くんと顔を見合わせる。彼も困惑してるみたいで言葉が出てこない。

ちょうどその時。

わたしの足もとに、ビタンッと音をたてて、草魚が降ってきた。

「わっ」

思わず片足を上げたわたしに、安藤さんはタタッと走ってきて、わたしが桃花をにぎる手を、上からつかんだ。

「直毘さん、わたしがたたかれた時、ケガしてないか心配してくれたよね？　さっき会ったばっかりだけど、わたしだって直毘さんたちのコト心配だよ!?　ね、早くもどろう！」

二人とも、わたしたちを心配して追いかけてきてくれたの……!!

自分たちだって、ここまで出てきたら危ないのに。

なのに、さっき出会ったばかりのわたしたちを、こんなにシンケンに心配してくれるなんて。

安藤さんと石黒くんの一生懸命でまっすぐな瞳に、言葉がつまる。こんなの……、適当にごまかすなんてできない。

まじまじと二人を見つめて、そして、まだうっすらと赤いほっぺたに目がとまった。

……もし桃花を落としてなかったら、あの場でケンカを止められた。

安藤さんに、痛い思いなんてさせずに済んだのに。

わたしは桃花の軸を強くにぎる。

そうこうしてる間にも、空から落ちてくる魚の数は、どんどん増えていく。

安藤さんの肩スレスレに魚が落ちてきて、彼女はびくっと震えた。

そうだよ。きっと怖いはずだ。わたしもお役目を始めたとき、ワケがわからなくて、ものすごく怖かった。

それでも彼女は、わたしの手を離さない。

わたしは奥歯をぎりりと鳴らす。

——もう、間違えたくないよ。ちゃんとお役目を果たして、そして、安藤さんも石黒くんも、守りたい！

彼女がつかんでくれた手を、強くにぎりかえした。

わたしの本気の目の色に、彼女は瞳を大きくする。

「安藤さん！　あのね、この事態を止められるの、わたしと矢神くんだけなの」

「モモ」

矢神くんが言葉を止めようとする。

でも視線で「大丈夫、信じて」って伝えると、彼はそのまま口をつぐんだ。

「わたしたち、ゼッタイに大丈夫だよ。ケガもしないでもどってくる。……だから、行かせて。

わたしにできることを、精いっぱいがんばらせて！」

びたんびたんと音をたてて降り落ちる草魚の雨のなか、わたしと安藤さんはまっすぐに見つめあう。

「精いっぱい、がんばる……か」

安藤さんは、ぽつりとつぶやいた。

「……分かった。わたし、ソコで待ってる。どうやって止めるつもりかは分からないけど、もし何かあったらすぐに呼んで。先生たち、連れてくるからね」

「ありがとう……！」

わたしたちは強くうなずきあう。

彼女はわたしから手を離し、石黒くんと一緒に、一歩下がって屋根の下に入った。

そしてわたしは、矢神くんと目を交わす。

「やるぞ」

「うんっ！」

矢神くんは文鎮をかまえ、わたしを守るように前に出る。

わたしは無数の魚が雪の影みたいになった空を見上げ、きゅっと歯を嚙みしめる。

いつもなら気になる人目も、今はゲートが封鎖されてるおかげで大丈夫！

よしっ、まずは「**草魚**」を書き換えて、魚の雨を止めるんだ……！

頭の中で、愛読書の『**面白難解漢字辞典**』をバラバラめくり、札に桃花をすべらせる！

「**ミコトバヅカイの名において、桃花寿ぐ、コトバのチカラ！**」

投げた札は、目の前の魚の一群に、正面から命中した！

大きなケムリが上がる。

札に書いたのは、「**草魚**」の「**草**」を「**木**」に換えた文字！

ややあって、白いケムリのカーテンのむこうから、ごろごろといくつもいくつも地面に転がってきたのは――、
おぼうさんがお経をあげるときに、ポクポクたたいて鳴らす、丸い太鼓みたいな道具。

そう、**木魚**だ！

立て続けに、地面を埋めつくす魚にむけて、もう一枚！

「**ミコトバヅカイの名において、桃花寿ぐ、コトバのチカラ！**」

ぼんっと再びケムリが上がる。

……そして、ケムリが流れていったあとには、大きな草魚は一匹も見当たらない。

かわりに、草のあいまにちらちらと、指一本ぶんくらいの小さな魚がぴちぴちハネてる。

こっちは**「草魚」**を、いろんな種類がまざった小魚、**雑魚**にしたの！

よく男子がゲームで「ザコキャラ」とか言ってるのと同じ言葉なんだ。

「やった！」

でも書き換えられた魚はほんの一部だ。これじゃキリがない……！

次の手を、って考えはじめたと同時。

「モモ、来るぞ！」

わたしをかばうように、矢神くんが前に立ちはだかる。

彼の視線の先を追えば、グラウンドの奥のほうに、赤い光がまぶしくにじんでる。

その真上をカワセミが旋回してる。

あのコ、また何か黒札を使ったんだ！

光の中から現れた「それ」に、わたしも矢神くんも絶句する。

三メートルはあるだろう、ずっしり重たそうな、流線型の鉄のカタマリ。

もしかしてアレ、「魚」に「雷」をたして――、

「**魚雷**だ……！」

水の中を走る大きな爆弾。そんな兵器が、この競技場のグラウンドに！

当たったら死んじゃうどころか、爆発しちゃったら、この会場が……！

ぞわっと全身の毛が逆立った。

魚雷はひときわ強く、赤く光りはじめる。そしていったん宙に浮かぶと、すごいイキオイで土の中にもぐりだした。

海の中みたいに、地面の下から攻撃してくるつもり!?

「や、やばいっ！」

土にもぐった魚雷は、ものすごいスピードで芝生をボコボコ掘りおこし、一直線に迫ってくる！

「いったん退くぞ！」

「うん！」

矢神くんに腕を引かれ、わたしたちはダッシュする。

けど、魚雷はぴったりわたしたちの逃げる方向についてくる！
あっちこっち追いまわされ、はあはあ肩で息をしながら逃げまどうだけ。
運動オンチのわたしは、もう足がもつれそう。
矢神くんはわたしを引きずるように腕を引いてくれる。
こんな落ちつかないんじゃ、札も書けないよ！
「モモ！　二発目だ！」
ナナメ左の位置から、新しい魚雷がこっちに向かってくる！
一発目もみるみる右から迫ってる。
挟みうちだ！
わたしたちはバッと背後をふり返る。
ちょうど真後ろ、ゲートの階段のところに、安藤さんと石黒くんが立ってる。
あの二人だけじゃない。ロビーの中には避難中のヒトたちがいっぱいいるのに……！
ここでわたしたちがあっちに逃げたら、みんなが爆発に巻きこまれちゃう！
そんなの、絶対ダメだ！
桃花をあらんかぎりの力でにぎりしめる。

「止めなきゃ！」

「ああ、ギリギリまで引きつけて、二発まとめて止めるぞ！」

矢神くんがわたしの背中に手をまわして、ぐいっと引き寄せる。

わたしは白札に桃花を走らせる。

「あと二十メートル、……十五メートル、……十メートル、」

耳のすぐ横に響く、矢神くんのカウントダウンの声は、いつもどおり冷静だ。

その落ちついた声に勇気をもらって、わたしは震える手をしかりつけ、一気に札を書き上げる！

大丈夫！　間に合う！

いざ札を放とうと、腕を持ち上げた、その瞬間。

ツイイーッ！　と甲高い、カワセミの鳴き声。

視界のハシに、赤い光がまたたいた。

「うそっ」

救護テントのあたりから、もう一本、新たな土の道が、みるみる近づいてくる！

まさか三発目!?

「モモ、今だ！　札を投げろ！」

矢神くんの声に我に返った。

そうだ、先にこっち！

「ミコトバヅカイの名において、**桃花寿ぐ、コトバのチカラ！**」

放った白札は、もう二メートルもないキョリにせまってた、二つの魚雷に命中！

ぼんっ！

ふきあがったケムリの中、つんざくような音と共に、目の前がまぶしく光る！

「『**魚雷**』を**雷**に換えたんだっ！」

魚雷をふせいだはいいけど、雷のままじゃ、まだグラウンドは大混乱だっ。

わたしは目をこらし、超高速で次の札を書きつける！

いつもの呪文とともに、ケムリの中に投げつけた札には、「**雷**」の「**田**」のパーツを、「**令**」

と交換した文字！

ぼんっ！

はげしい雷は、とたんに立ち消えた。

「数字のゼロの漢字、零で、雷を消したのか！」

「うん！」

けど、魚雷がもう一発残ってる！

また**「雷」**と**「零」**を書きつけ――、その札を投げようとしたところで、サッと血の気が引いた。

どのあたりに三発目の魚雷がいるのか、ケムリでぜんぜん見えない！

「矢神くん！」

「左手ナナメ四十五度、十メートル先だ！」

わたしはその言葉を信じて、彼の指さす方角へ、すかさず**「雷」**の札を放つ！

「ミコトバヅカイの名において、桃花寿ぐ、コトバのチカラ！」

遠くでボンッとハレツするような音。

そしてもう一枚、**「零」**！

「ミコトバヅカイの名において、桃花寿ぐ、コトバのチカラ！」

ケムリの中を突っこんでいく札。

いっそうケムリが濃くなった。

――札、しっかり命中したみたいだ！

冷やアセがこめかみを伝って、桃花をにぎる手に落ちた。

けど、まだ油断できないよ。あのカワセミが残ってる！

ケムリが風に流されていく。

現れたグラウンドは、魚雷のせいで、芝生がめくれあがってメチャクチャだ。

「……あれ？」

カワセミのめだつ青い色が、どこにも見えない。

わたしたちはそろって、空と地面をぐるりと探した。

「もしかして、逃げちゃった？」

「まだ邪気は残ってるが……。くそ、戦いのなごりの邪気で、マガツ鬼がいるかどうか分かりづらいな」

そのまましばらく待ってみたけど……、もう、攻撃してくるようすはない。

風が渡って、さわさわと芝生をなでていく。

直毘さ～ん、とうしろから安藤さんたちの声。

「これで一段落、ってことかな？」

「……ああ」

彼はまだ警戒してる目で、とりあえず文鎮をさげる。

「矢神くん、さっきのすごかったね。三発目の魚雷の位置、どうして分かったの？」

となりを見ると、彼はちょっと眉を上げた。

「さっき一瞬、魚雷が発生した地点をカクニンした。一発目で魚雷の速度は分かってたから、今回の到達地点も計算できるだろ」

できるだろって当然のように言われても、フ、フツーはそんなのできないからね!?

矢神くんは、やっぱりすごいなぁ。

「モモも、よく間に合わせてくれたな。さすがおれの主さまだ」

彼は優しく背をたたいてくれた。

矢神くんの——好きなヒトの、信頼に満ちた笑顔。

胸が高鳴ってしかたなくって、わたしはエヘッと笑ってごまかしてしまう。

と、その時。

彼の笑顔が、すとんと抜け落ちた。

「モモッ！」

「――え？」

せっぱつまった矢神くんの声。

思いっきり腕を引っぱられて、彼の胸におでこがぶつかる。

抱きすくめられた腕のなかから、矢神くんの肩に、黒い札が貼りついたのが見えた！

赤く浮かびあがる、不吉なその文字は――、

草臥

黒札は、そのまま彼の体に吸収されるように、溶け消えてしまった。

「や、矢神くん、大丈夫!?」

わたしをかばったせいだ！

血の気がひいて、頭がくらくらして、頭の中の『面白難解漢字辞典』をうまく開けない。

「草」に**「臥せる」**で**「草臥」**だよね!?

それって、どんな意味だっけ!?

「すまん。おれが気を抜いたせいだ。……急に疲れた感じがしただけだ。問題ない」

「疲れた？」

矢神くんはわたしを腕から離しながら、黒札の消えた肩に手をあてる。

その青ざめた横顔に、ようやく思い当たった。

「分かった、『**草臥**』だ！　疲れてくたびれるの、くたびれ！」

「……なるほど。草に臥さずにはいられないほど、くたびれるってコトか。だが、そんなのホイホイ貼られるわけにはいかないいな」

うなずきながら、わたしはギュッとくちびるを噛んだ。

グラウンドには、やっぱりカワセミの姿は見えない。

でもどこからか黒札が飛んできた。

ってことはきっと、カワセミはすがたを「見えなく」してるんだ。

桃花と札をかまえ、呼吸を整えながら、芝生を見渡す。

「矢神くん。カワセミって、漢字でいろんな書き方するけど、その一つに『翡翠』があるんだ。

『**翡**』はオスのカワセミのことで、『**翠**』はメスのほう。

たぶんあのコ、メスだったんだ。『**翠**』に『**陰**』っていう字をたすと、**翠陰**。

つまり、『**青葉のカゲ**』って意味になるの。芝生のカゲになって、すがたを消してるんだよ

……！」

「やっかいだな」

矢神くんは疲れのにじんだ頬をゴシッとこすって、強い表情になる。

わたしも、いつ、どこから飛んでくるか分からない黒札にそなえて、桃花をにぎりしめた。

10 カレとの約束

空からたくさんの魚が落っこちてきて、グラウンドでピチピチ跳びはねていたのに。

直毘さんが筆をとりだし、矢神くんが札と小さな壺らしきものをだして、二人が何かしたとたん、どんどん魚の姿が消えて、グラウンドがボコボコになっていった！

現実離れした目の前の光景に、わたしも石黒くんもおどろきをかくせない。

ポカンと、ただグラウンドをながめることしかできなかった。

「なあ、安藤さん！　魚のほかに、魚雷や雷まで見えなかった!?　おれたち、夢を見ているのかな……？」

小さなささやきが、石黒くんの口からもれる。

けれど、その瞳はキラキラ輝いていて、まるで、特撮ヒーローにあこがれる少年そのものだ。

石黒くん、こういうものが好きなのかな？

こんなに大変なことが起こってるときだっていうのに、そう思うと、頬がゆるまずにいられな

い。

石黒くん、かわいいなあ……。

何とも言えない、あったかい気分がゆっくりこみあげてくる。

学校ではわからない、新しいカレの一面を見ることができてうれしい。

カレを見つめながらニコニコしていると。

ドキ！

石黒くんの目が、わたしに向いた。

「安藤さん……！」

やわらかい表情をつくってはいるけれど、少しとまどっているようだった。

わたしたちのあいだの空気が固まるのがわかった。

ジッと見たりして、わるいことをしちゃった！

「えっと、ほら、あれだよ！」

また失敗しちゃった！　なんてことを思いながら、あたふた言葉をつないだ。

「ファフロツキーズ現象、っていうのあるし……これも、きっと、そうなのかもと思うんだけど
――」

「ファフロッキーズ現象？　あの、空から落ちてくるはずのないものが落ちてくるヤツのこと……？」

石黒くんは、そう聞きかえしながらも、わたしの顔をジッと見つめてばかり。

わたしの何が気になって、そんなに見つめてくるんだろう。

うう、なんか話しにくいなあ……。

居心地のわるさを感じながら、

「うん、それそれ!!」

にいーっ、と口のはしを上向きにしてコクコクうなずく。

すると、カレのやわらかな表情が消えて、スッと真顔になった。

「まだ、ほっぺが赤いな……」

と、つぶやくように言う。

石黒くんが何を気にしているのか、これでわかった。

わたしのほっぺ、そんなに赤いんだ。

もしかして、カレが心配してたとおり腫れてきたのかな？

「とりあえず、これで冷やしとくしかないか」

石黒くんの片手が、わたしに向かって差しだされた。
カレの口ぶりから、てっきり、湿布か何かをくれるものだと思ったのに。
あれ……？
その手には、なんにもない。
「石黒くん？」
小首をかしげた、次の瞬間。
わたしの頰に。
ひどく、ぎこちなく、石黒くんの手がふれた。
「――――!!」
とくん、とくん。
胸の鼓動が、どんどんはやくなっていく。
冷たい手のひらがふれているというのに、

みるみる顔に血がのぼっていった。

「おれの手なんかで冷やしてゴメンな。でも、今は救護テントに行けないから……何もしないよりはいいかなって。おれ、手が冷たいだろ？」

石黒くんは、はにかんで笑った。

そうだよ、石黒くんに他意はない。

わたしのほっぺがあんまり赤いから、自分の手で冷やそうとしてくれたんだ。

そうわかってはいるのだけど。

こ、こんなことされるの、生まれてはじめてだし！

冷やすどころか、まったくの逆効果だよ〜〜〜！

ゆでだこみたいになって、「ああ、うう」とうなって、手をピタッとくっつけられるままになっていると。

石黒くんは、まっすぐな瞳で、わたしの顔をのぞきこんだ。

「──今度は、おれが安藤さんを守るよ。もうケガなんてさせない。だから、無茶をしないって約束して」

その目に。

その声に。
ハッキリとした強い意志が感じられて、思わず息をのんだ。
「石黒くん……」
なんて返事をしたらいいのか、わからないよ。
本当のところ、こういうの困るんだ。
だって、わたし、石黒くんにフラれてるんだもん。
こんなにやさしくされたら、カン違いしてしまいそうだよ。
カレに告白したとき、
『ごめん。安藤さん、おれ好きな子がいるんだ』
そうキッパリ言われたことを忘れてない。
だから、こんなのダメだよね……。
もちろん、カレに守られることも――。
このままカレの手のひらを感じていたかったけれど、
「ありがとう、もう痛くないから」
ニコッと笑って、カレの手をそっとはずした。

石黒くんがハッとして、わたしに手をのばしかける。

「安藤さん、約束！」

「うん、わかってる！　もう無茶はしないよ！」

わたしがあわてて約束したら、石黒くんの手は空気をつかんで、キュッとそのままにぎった。

そんな仕草さえも、わたしにはとても魅力的だった。

心臓がドキドキしてしかたがない。カレが好き、と心がさけんでる。

今にも声にだしてしまいそうで、いてもたってもいられなかった。

「あ、直毘さんたち！　だいじょうぶかな！」

話題をそらすため、パッとグラウンドに目を向ける。

石黒くんからタタッとはなれて、屋根がぎりぎり届くところに移動した。

競技場を見まわすと、外にはもう人はいない。観客席はがらんとしていて、みんな、屋根がある場所に避難したようだった。

そんななか、直毘さんと矢神くんの二人だけが、グラウンドの真ん中を右往左往、走ったり飛んだりしている。

「……何かと戦っている、みたい」

二人が肩で息をするのを見つめながら思った。

ううん、「みたい」じゃない。

きっと、何か見えない敵と戦っているんだ――――!!

いったい、何が起こっているの?

歯がゆい思いで、いっぱいだった。

もう競技会どころじゃないのは、わかっている。

あの二人の必死な顔を見れば、わたしの知らない何かが起きているんだ、と信じられる。

だからといって。

何もできずに、安全なところから見ているだけなんてイヤだよ!

そのとたん、怒りがメラメラわきあがってきて。

さっき石黒くんと約束したばかりなのに。

コブシをふりあげて、グラウンドに向かって思いっきり大声でさけんだ。

「こら!　姿を見せないなんてずるいぞ!　ひきょうもの――――!」

「ひきょうもの――――!!」

「ひきょうもの――――!!」

わたしの声が競技場の建物にぶつかって、何度もこだまする。
すると、信じられないことが起こった。
グラウンドの真ん中にポッと鳥があらわれて。
ぎろり。
わたしを思いっきり、にらんできたんだ。
「あ……れ？」
予想外のできごとに、わたしはコブシをフラフラおろした。
あそこにいるの、どこからどう見ても、鳥だよね……！
宝石のヒスイのようにキレイな体の色。
大きめの頭。
するどく長い、流線型のくちばし。
あの鳥の特徴とピッタリ一致する生き物の名前が、ぽっと頭に浮かぶ。
「カワセミ……!?」
ウソ、なんでこんなところにいるの？
フツウ水辺にいるんじゃないの？

しかも、めっちゃ大きい。ありえないくらいの大きさだよ……！

そのときだった。


「ツイイ――――！」


カワセミが一直線に猛スピードで、こちらに突っこんでくるのが見えたの。

まるで川の中の獲物をねらっているみたい。

するどいくちばしが、わたしに向いている……!?


まさか、このまま……!!

あのするどいくちばしに、刺されるの――――!?


カワセミがどんどん迫ってくる。


「やだ！」

こわくて身をすくめた、次の瞬間。

フワッと、あたたかなものにおおわれて。

瞳から、じわっと涙がこぼれ落ちそうになった。

11 書き換えられた想い

カワセミは弾丸のように、安藤さんに向かって滑空していく！
アブないっ！
心臓が縮みあがって、わたしは超光速で桃花を動かす！
「ミコトバヅカイの名において、桃花寿ぐ、コトバのチカラ！」
彼女にクチバシが突き立つ寸前、ぎりぎりのタイミングでカワセミに貼りついた！
ビタンッと貼りついた白札。
もうもうと噴きあがる、白いケムリ。
……どう!?　間に合った……!?
ぽつ、とほっぺたに水が落ちてきて、わたしは空を見上げた。
青空にみるみる灰色の雲がかかり、グラウンドの草を雨が濡らしはじめる。

「**翡翠**を、**翠雨**、みどりを濡らす雨――に書き換えたんだ」

銀色に光る雨のしずくが、少しずつケムリを洗い流していく。

ゲートの下には、安藤さんを抱きすくめる石黒くんの姿。

「よかった……！　無事みたい！」

「ああ。よくやった」

わたしたちは大きく息をつき、肩を下げた。

カワセミは雨に変わって消えた。

だから、きっとあのマガツ鬼が出した草魚たちも、そのうち消えると思う。

……これで、今度こそホントに、一段落？

グラウンドに視線を投げたわたしは、もう一つ、お役目が残ってるのに気がついた。

魚雷が走りまわったせいで、めくれあがった芝生。ボコボコに空いた穴の道。

このままじゃ、マガツ鬼のもくろみどおり、競技会が中止になっちゃうよ！

よしっ、あとひとふんばり！

「**ミコトバヅカイの名において、桃花寿ぐ、コトバのチカラ！**」

書き上げた札を地面に放り投げると――。

ぼむっ！

グラウンド中を包みこむような大きなケムリが上がった。

そして……、

ケムリの晴れたあとには、すっかりデコボコもなくなった、もとどおりのグラウンド。

「なんて書き換えたんだ？」

となりに立ってる矢神くんも、驚いた顔。

「グラウンドの水たまりの『**水**』を使ったの。『**水**』たす『**平ら**』で、**水平**。地面もなおったし、水たまりもなくなったし、一石二鳥でしょ？　これで競技会、再開できるかなぁ」

わたしは桃花をかまえた手を、ゆっくりと下ろしていく。

さすがに術の使いすぎだ。足もとがふわふわしてるや。

「ああ。あとは雨さえ止めばってトコだが……。モモ、さっきカワセミが最後に、」

安藤さんたちのほうに目をすがめ、なにか言いかけた矢神くん。

でも彼の言葉をさえぎるように、大きな声が上がった。

「わわわわっ！」

石黒くんの腕の中で、安藤さんが目を白黒させてる。

わたしはその様子に、思わずフフッとほほえんじゃった。

好きな男の子に守ってもらって抱きしめられるなんて、気がドーテンして当たり前だよね。

わたしと矢神くんは、二人のところに駆けよった。

でも、次の瞬間、浮かんでた笑みが凍りつく。

安藤さんが、石黒くんの腕をバシッとはらいのけたんだ。

目を見開いた彼女の瞳には、強い警戒の色。

「安藤さん。ごめん、痛かった？　おれ、とっさに守らなきゃって思って」

石黒くんは、ちょっと弱ったような顔で腕を引く。

「あ、ありがとう。でも……っ」

安藤さんは、恥ずかしがってるとかじゃないみたい。こわばった顔で、後ろに足を下げた。

「安藤さん……どうかしたのかな？」

わたしのつぶやきに、矢神くんが眉間にシワを寄せた。

「やっぱりだ。さっき、カワセミが彼女に突進してくる時、クチバシから黒札を放ったように見えた。モモは自分の白札を書いてたから気づいてなかったが――、」

彼は言葉を止め、不安げな安藤さんと石黒くんを見くらべる。

「その黒札、『**変わる**』の**変**という字が浮かんでいたように見えた。彼女の外見に変化がないのと、この様子からして……。おそらく、心の中のなにかを『**変**』に書き換えられたんじゃないか？」

心の中のなにかを、「**変**」に？

冷たいものが背すじをなでる。

わたし、すぐに気づいてしまった。

それってたぶん、「恋」だ。

彼女が石黒くんに向けてた「恋」心を、「変」に書き換えられたんだ……！

だから安藤さん、恋する気持ちを失って、石黒くんに、こんな冷ややかな目を向けるようになっちゃったんだ……っ。

わたしは桃花の軸をぎゅうっとにぎりこんだ。

ひどい。わたしも片想い中だから、他人事じゃないよ。

もしも自分がこの大切な想いを忘れちゃったらって考えたら。

そんなの、絶対にイヤだ……！

安藤さんは、黒札でムリヤリ変えられちゃった想いに心がついていかないのか、青ざめた顔で、へなりと座りこんでしまった。

「すぐに書き換えなきゃっ！」

あわてて桃花を持ち上げたわたしに、矢神くんが顔をしかめる。

「モモ。でもおまえ、魚雷を消したりグラウンドをなおしたり、かなりチカラを使っただろ。大丈夫か」

確かに、術の使いすぎで足もともフラフラしてるし、桃花を持つ手もおぼつかない。

……だけど。

さっき、石黒くんをかばって男子にたたかれた時の、彼女の強い瞳を思いだす。

それに彼に向けてた、熱い想いをたたえた、きれいな瞳も。

わたしは矢神くんに手のひらを差しだし、札を、とうなずいた。

恋って――、思いどおりにいかなくて、傷ついたり辛かったりすることもあるけど、いっぱい幸せな気持ちをプレゼントしてくれる、すごくすごく大事な気持ちだよ。

このままにしておけるワケ、ない！

「安藤さん、大丈夫だよ。わたし、安藤さんがなくしちゃったモノ、ちゃんと取りもどすから」

「変」をまた書き換えれば、きっとすぐ、いつもの安藤さんにもどるはず！

矢神くんはわたしのカクゴの顔に息をつき、札を手にのせてくれた。

わたしが桃花をにぎりなおし、筆を運ぼうとした、その瞬間。

「ちょっと待って」

石黒くんが、はしっとわたしの肩をつかんだ。

「キミたち、安藤さんがおかしくなったの、その紙で元にもどすつもりなんだよな？　でもそれ、待ってほしいんだ。……安藤さんが変えられたものが何か、おれ、なんとなく分かるから」

わたしは動かしかけてた桃花を、ぴたりと止めた。

「石黒くん、安藤さんの気持ち、知ってるの……？」

目を丸くするわたしに、石黒くんは辛そうにまつ毛をふせた。

そして、わたしにしか届かないくらいの小さな声で、ぽつりと言った。

「……おれ、安藤さんの想いに応えられる人間じゃないんだ。……だから、いいんだ。このままで」

12 元に戻りたい！

止まってしまったような時間のなか、雨がさらさら降っている。
雨に濡れたグラウンドは、芝の部分があざやかな緑色でキレイに輝いている。
どうしてなんだろう。みんな、さっきからずっと深刻な顔をしていた。
よく話がわからないけど、わたし「**変**」になっちゃったんだって。
でも、おかしいの。
わたし、いつもと変わらないし、どこが変なのかもわからないんだ。
もちろん服の上からパタパタさわって、体に異常がないかも確かめた。
うん、だいじょうぶ。ケガなんてしてない。
なぜか、ほっぺがヒリヒリしてるけどね。
だから、わたし、ちっとも変じゃないよ。
みんな、元気をだして！

暗く沈んだ三人の顔を見まわし、ニコッと笑ってみせた。

「魚がいなくなってよかったね。雨がやめば競技も再開できそうだし！」

けれど、石黒くんは厳しい表情のまま、首を横にふった。

「この雨じゃ、競技再開はむずかしいよ。すぐにやめば地面はまだだいじょうぶだろうけど、このまま降り続くんじゃね……」

ええっ、そんなあ！

直毘さんと矢神くんも同時にうなずく。

みんなの反応に、思わずガックリ。

「石黒くんが走るところを楽しみにしていたのに……」

大きなため息とともに、ポロッと言葉がこぼれた。

ん？

べつに変わったことを言ってないのに、自分の言葉に違和感を覚えて、ピタッと動きがとまってしまった。

わたし、どうして石黒くんの走りを楽しみにしていたんだろう。

ふと疑問がわいてくる。

彼とわたしは、ただのクラスメイトだ。彼には熱心なファンクラブがついている。

わたしが応援に来なくたって、だれかが応援するはずだよ。

なのに、なんで、ここにいるの……？

わたし、どうして石黒くんといっしょにいるの……？

さっき彼に抱きしめられていたのはなぜ……？

胸の奥がもやもやして、どこかせつなくて。

両手をほっぺにあてて、大きな声でさけぶ。

「やっぱり、わたし、変なんだ！」

みんなが、え？　とおどろいてふり向き、わたしを見つめた。

直毘さん、矢神くん、石黒くん。

一人ずつ順番に、みんなの顔を見つめかえす。

直毘さんと矢神くんからは、ほんの数秒で視線をはがすことができたのに。

どうしてなのか、石黒くんを見つめていると、胸がきゅうんと痛くなって、目をはなせない。

それどころか、彼の横でこうしている今が、かけがえのない、とても大切な時間に思えてくる。

——でも、なぜ、そう思うのかわからないの。

自分が自分じゃなくなったみたいで、こわくて指先がふるえる。
この気持ちがなんなのか確かめられる方法だけはわかってる。
自分の**「変」**を元に戻してもらうしかないんだ。
「おねがいです、わたしを元に戻してください！」
直毘さんと矢神くんに向かって、頭を下げた。
だけど、頭をあげたら、二人とも困ったような顔をしていて。
石黒くんは、さっきよりもっと厳しい表情をしていた。
わたしの発言をこころよく思ってないんだろう。
その証拠に、石黒くんの両手が固くにぎりしめられている。
それを見たら、涙がまた、じわっとでてきそうになったけれど。
ここで泣いたらダメだ。
手の甲で、目もとをぐっとこする。
そして、顔をあげた。
「このままじゃイヤなの。自分が自分じゃないみたいで」
石黒くんの目がハッと大きくなる。

149

それでもかまわずに、わたしは話を続けた。

「どんな自分でもいい。石黒くんにはメーワクをかけたりしない。わたしが、わたし自身を、ちゃんとわかっていたいだけなの……！　わたしの大事な何かを、なくしたくはないから……！」

石黒くんに、「いい」と言ってほしい……。

元のわたしに戻るのを、石黒くんがいやがっている理由はわからないけれど。

これが、わたしの本心なの……！

おねがい、石黒くん！

石黒くんは、うなだれるように視線を落とした。

しばらくのあいだ、ジッと足もとを見つめる。

やがて、

「安藤さん、らしいなあ」

石黒くんの顔に、やわらかな笑みが浮かんだ。

「おれの考えは、まちがっていたよ。ゴメン、安藤さん。不安にさせて」

うれしくて胸がふるえた。

「石黒くん……」

わかってくれた。

わたしの気持ち、ちゃんと通じたんだ！

「ありがとう」

わたしがお礼を言うと、石黒くんは直毘さんと矢神くんに体を向けた。

「おれからも頼みます。安藤さんを元に戻してほしいんだ」

直毘さんがニコッと笑う。

「心配しないで。最初から、そのつもりだったよ。ね、矢神くん！」

「ああ、もちろんだ！」

直毘さんは筆をとりだし墨をふくませると、矢神くんから渡された手のひらサイズの五角形の札に、慣れた様子でササッと筆を走らせた。


そこに書かれた文字は——**反**（はん）。

「この漢字はね、『**かえる・元に戻す**』っていう意味があるの。「**変**（へん）」を「**変**（かえる）」って読んで、同音異義語の「**反**（かえる）」に書き換えようと思うんだ」

わたしにそう説明した直毘さん。

「これで彼女は元に戻る。――後悔しないか？」

すぐに矢神くんが、石黒くんに念を押す。

「ああ」

石黒くんが強いまなざしでコクンとうなずいたのを合図に、直毘さんはフシギな呪文を唱えた。

「ミコトバヅカイの名において、桃花寿ぐ、コトバのチカラ！」

五角形の札がポッと光を宿す。

そして、直毘さんは、その札をわたしの胸の真ん中に投げつけて。


ボンッ！


白い煙があがり、すぐに薄れていったのだけど。

何も変わった感じはしなかった。

けど、これでいいんだよね……？

フシギに思っていると、

「モモ!!」

とつぜん矢神くんがさけんで、ガクッと倒れこみそうになった直毘さんの体を支えた。

直毘さんが彼の方に少し首をのばして、力なく笑う。

「ゴメン、チカラを使いすぎちゃったのかもしれない……。でも、術は効いてるから、ちゃんと思いだせるはずなんだけど……」

直毘さんと矢神くんの会話が、するりと耳をかすめた。

舞いあがった心が、ゆっくり落ちていく。

わたし、もう、元の自分に戻れないの……？

二度と思いだすことができないの？

その可能性は、おおいにある。

そう思うと、こわくてたまらなかった。

「イヤ、そんなのイヤだ……！」

二人がハッとふり向く。

言いようのない不安から逃れようと、わたしは石黒くんに駆け寄ってさけんだ。

「わたし、何がおかしくなってるの？　知ってるなら教えて……！」

「安藤さん……」

わたしの名前を呼んだきり、石黒くんはだまりこんだ。

みんなを困らせているのがわかる。

だけど、どうにもできない。

幼い子のように、ワガママばかりがでてくる。

「イヤだよ、元に戻りたい。大事なものがなくなったことだけはわかるの！　だから――」

わたしの必死なさけびに、石黒くんは答えてくれない。ぎりっと固く、くちびるをかむだけだ。

そのとき、やさしい手がわたしの肩にそっとふれた。

「もういちど、わたしを信じてくれる？」

その手は、直毘さんのものだった。

見あげた顔は青ざめていて、とてもだいじょうぶそうには思えないけど。

力強くハッキリした声を聞いたとたん、すうっと呼吸が楽になった。

……わたし、一人でパニックになってた。

こうして、みんながそばにいて、チカラになってくれてるのに、わたし一人だけ……。

そうだ。わたしが、今ここでがんばらなくてどうするの？

「信じる！」

ぐっと目をこすって、小さくうなずく。

「打開策がひらめいたのか、モモ？」

矢神くんが気づかうような目で、直毘さんを見つめた。

「うん、わたしね、競技会を再開させようと思うの」

「なんだって？」

ポカンとする矢神くん。

それから、ハッとして気を取り直すと、あわてて言った。

「競技会が彼女の『**変**』と、どう関係してるんだ？　それに、今のおまえに、おれは――」

「だいじょうぶ！　わたしの考えどおりなら、きっとうまくいくよ！」

心配そうな矢神くんの言葉をさえぎって、直毘さんは明るい声をあげた。彼女の言葉には、強い確信があらわれていた。

二人は少しの間、ジッと見つめあった。目と目で会話をするように。

やがて。

ふうーと、矢神くんが息をはきだす。

「主さま命令には勝てないな」

まんざらでもなさそうに、彼はフッと目を細めた。

13 重ねあう、四つの手

わたしは桃花をにぎり、降りしきる雨を強いまなざしで見つめた。

術は、ホントはたぶんちゃんと効いてるんだ。

だから思いだそうとすれば思いだせるはずなのに、安藤さん自身の心が、ストップをかけちゃってるみたい。

「**反**」より「**変**」の字のほうに、彼女が強くひかれちゃう理由が、何かあるんじゃないかな。

その深層心理のせいで、術が効いているのに、心が思いだそうとしないんだ。

それでも、安藤さんの恋心を、取りもどす方法……！

一生懸命考えてみたけど、たぶんそれって、彼女が恋をしたシチュエーションを、もう一度体験してみることなんじゃないかなって。

でもわたし、安藤さんがどうやって石黒くんを好きになったのか知らないし、本人も今、それを覚えてない。

だから、自分はどうして矢神くんを好きになったんだろうって、思い返してみたの。

矢神くんはお役目のときでも、プライベートのときでも、いつも、わたしを一生懸命守って支えてくれた。

けどたぶん、わたしが矢神くんを好きになったのは、彼がいつも自分を助けてくれるから……じゃなかったと思うんだ。

彼のことを想ってまっさきに浮かんでくるのは、たとえばお役目のとき、みんなを守るために自分の身を盾にする、彼の強い面差し。

大好きな剣道の試合で見せた、りりしい瞳。

男子同士でフザけて、顔をくしゃってさせて笑う、意外とやんちゃな笑顔。

矢神くんを知っていくたび、矢神くんの新しい表情を見つけるたび、少しずつ、恋する気持ちが花びらみたいに積もっていって――、ある日、わたしの胸からあふれだしたんだ。

――だから。

わたしは、心もとない瞳を揺れさせている安藤さんに、にっこりとほほえみかけた。

この場が競技会の会場だったのは、大チャンスだよ。

石黒くんが一生懸命走ってる姿を見たら、きっと、安藤さんの恋の花のひとひらになる。

それをきっかけにして、今まで積もってた想いを心の底から引っぱりだせたら……！

「わたし、この雨を術で止める。競技を再開できたら、石黒くん、とびっきりカッコいい姿を見せてもらいたいんだ。そしたら安藤さんはきっと元に戻ると思う」

やる気まんまんの顔を向けると、石黒くんは、

「おれが、カッコいい姿を見せたら……」

とまどうように繰り返してから、きりりと顔を引きしめた。

「分かった」

安藤さんは、そんな彼の決意の横顔をふしぎそうに眺めてる。

すると、矢神くんが灰色の雲におおわれた空を見上げた。

「モモ。やりたいコトは分かったが、雨を止めるにしても、ここから雲まではキョリが遠すぎる。さすがに札は届かないぞ」

「そう思って、考えてみたんだけど――、」

わたしは制服のポケットにつっこんだままだった、本部のおじさんからの預かり物を抜きとった。

「「ピストルッ!?」」

安藤さんと石黒くんが同時にぎょっと声をあげる。

ぴったり息の合った様子に、わたし、思わず笑っちゃった。

おせっかいかもしれないけど、やっぱりわたしには、二人ともお似合いに見えるんだけどな。

「大丈夫。これ、競技用のニセモノだよ」

言いながら、わたしは矢神くんにピストルをいったん預けて、桃花を墨ツボにひたし、術の準備をする。

矢神くんはまだけげんな顔でピストルを観察してる。

「モモ。これに札を貼るのか？　どうするつもりなのか、まだ見えてこないんだが」

「えっとね。このピストルの中、『雷管』っていう火薬をつめた筒が入ってるの。その『雷管』を**雷波**に書き換えて、ピストルから撃ったら、雨雲まで届くんじゃないかって」

「……『雷波』か。雷によって起こる衝撃波のことだよな。なるほど。雷の熱で急激にふくらんだ空気を、ピストルの細い筒から集中させて撃ちだす。その衝撃波なら、確かにあの雨雲まで届くだろうし、そのまま雲を吹き散らすことくらい、できそうだな」

「うん。……でも、試したことがあるワケじゃないから、うまくいくかどうか……」

話してるうちに、だんだん自信がなくなってきちゃった。

でも、他にいいアイディアなんて浮かんでこない。

そもそも、さっきの戦いで術をいっぱい使ったから、もうほとんどチカラも残ってないし……。

札に目を落としたまま、弱気なキモチに負けそうになってくる。

そんなわたしの手に、急に横から手のひらが重なった。

顔を上げたら、安藤さんだ。

彼女が大きな瞳で、まっすぐにわたしを見つめてる。

「みんな、がんばれ！　だよ！」

「えっ……？」

きょとんとするわたしに、安藤さんは力強くうなずいた。

「これ、わたしたちチーム1％の合い言葉なの。チーム1％っていうのは……。あれ？　なんだっけな……？」

力強い安藤さんの目が、急に弱々しく揺れた。

そしたら、わたしたちの手の上に、新しい手のひらが重なった。

「うん。おれもその言葉でがんばれたんだ」

わたしを、それに安藤さんをはげますような笑顔で言うのは、石黒くんだ。

「みんな、がんばれ！　――って声聞くと、勇気がわいてくるよな」

わたしは目をパチパチまたたいて、二人の顔を見くらべて、そして重なった手を見つめる。

……二人が、応援してくれてる。なのに、言いだしっぺのわたしが迷ってどうする！

不安を奥歯でかみつぶそうとするわたしの背に、あったかい手のひらがそえられた。

「一緒にやるぞ、モモ」

え、と息をのんだわたしに、彼はくちびるを持ち上げる。

「雷波を撃ちはなつとなると、その反動もすさまじいはずだ。おれがおまえを後ろから支える」

でも。それじゃ、もし失敗したら、矢神くんを巻きこんじゃう。

ためらって返事ができないわたしに、矢神くんは背中に置いてた手を、三人で重ねてた手の上に、ぽすっと置いた。

「みんな、がんばれ！　なんだろ？　さっきもだが、パートナーを置いて、一人で背負いこもうとするな。おれも一緒にがんばらせてくれ。主さま」

「…………うん」

こくりとうなずきながら、わたしはカクゴを決めた。

――みんな、がんばれ。

魔法のコトバみたい。胸の底から、じわじわと熱い気持ちがわいてくるのが分かる。

そうだ、がんばる！　そして、成功させる！

安藤さんの恋心、なくしてほしくないもの！

わたしたち四人は、重ねあわせた手のひらにギュッと力をこめた。

――そして、雨雲の下。

グラウンドのど真ん中で、濡れそぼつ芝草を踏みしめ、わたしは天をにらみ上げた。

「**雷波**」と書きつけた白札は、すでに左手にスタンバイ。右手の指を、ピストルの引き金にかける。

矢神くんはわたしを背中から抱きこむようにして、両手でピストルを支え持っている。

安藤さんと石黒くんは、危険なのにすぐ後ろに待機してくれてて。

もしわたしたちがふっ飛んだら、受け止めてくれるって。

わたしはごくりとノドを鳴らし、全身に雨つぶを光らせる、キンチョーの面持ちのみんなを見まわした。

「じゃあ、行くよっ」

三人は強くうなずく。

「みんな、がんばれ！」

安藤さんが大きな声でさけぶ。

わたしは彼女の声に背中を押され、えいやっと札をふり上げる！

「ミコトバヅカイの名において、桃花寿ぐ、コトバのチカラ――‼」

ピストルに貼りついた、**「雷波」**の二文字。

白いケムリで目の前が見えなくなると同時、

ドンッ‼


銃声とともに視界が真っ白い光に焼かれ、すさまじい力が腕にもどってくる！

ピストルが手からはじけ飛び、アッと思った瞬間、わたしは衝撃波の反動のまま、後ろにふっ飛ばされる！

それを受け止めようと、全身を抱きこんでくる矢神くんの腕。


どしゃっ！

……気づけば、わたしは尻もちをついて、空を見上げてた。

鼓膜をつんざく音が、みるみる宙を昇って遠ざかっていく。

そして——灰色の雨雲のまんなかに、小さな穴が空いた。

そのむこうに、青い空がのぞく。

次の瞬間、水の波紋が広がるように、一気に雲が外へ押し流されて——！


「……晴れた」


ポカンとして口にした言葉に、すぐ後ろから「ああ」と矢神くんの声。

雷波の衝撃に吹き散らされた暗雲は、なごりすら見えない。

空はただただ、突きぬけるような、真っ青な色！

「は、晴れたよ——っ！」

「すごい、晴れたっ！」

安藤さんと石黒くんの声が、ものすごく近くに響いた。

びっくりしてバッとふり返ったら、二人はわたしたちの背を抱いて、一緒になって尻もちをついちゃってる。

衝撃波にもんどりうって倒れたわたしたちを、がっちり受け止めてくれたんだ！

雨はサッパリと上がった。グラウンドは濡れてるけど、さっきの「**水平**」の札で水たまりも消えてるし、これくらいなら競技、できるかも！

「おれたち、これからもう一がんばり、だな」

石黒くんの言葉に、矢神くんもくちびるを持ち上げてうなずく。

「そうだ。特に石黒には、『仕上げ』をしてもらわなきゃだしな」

「――うん。任せてくれ」

石黒くんはきっぱりと言う。

安藤さんはそんな彼を、なにかを思いだそうとするようにじっと見つめてる。

そしてわたしたち四人は、そろって、澄んだ初夏の空の色に視線を上げた。

14 もう二度と

雨がやみ、グラウンドがかわいてきたので、競技会が再開されることになった。

選手に招集をかけるアナウンスがスピーカーから聞こえてくる。

「次は百メートル走だ。おれ、行かなきゃ」

石黒くんは耳をすましたあと、キュッときつく靴のひもを結びなおした。

「なんだ、二人とも同じ種目だったのか」

矢神くんがあきれ顔でそう言ったので、わたしたちはみんな、クスッと笑いだしてしまった。

ライバルなのに、知らずになかよくなったなんて、ホントおもしろい。

こういうの、『縁がある』って言うんだよね。

わたしたちは笑いながら、自然に男子二人女子二人で並んで、グラウンドに向かって歩いた。

けど、グラウンドが近づくにつれて、足がだんだん重くなる。

せっかく、みんながよくしてくれたのに、思いだせないのはどうして？

わたし自身に問題があるから……？

そんなことばかり、頭のなかをグルグルする。

直毘さんが心配そうにわたしの顔をのぞきこんだ。

「何か思いだせた？」

「ううん、まだ……」

へへ、と力なく笑う。

わたしを元気づけるかのように、直毘さんはニコッと笑った。

「心配しないで、もう術は解けてるから。あとは、強く望んだとき、必ず思いだせるよ！」

「強く望んだとき……？」

直毘さんの言葉を声にだして繰り返した。

でも、わたし、さっきから思いだしたいとねがってるんだよ。

なのに、どうして思いだせないんだろう。

すると、石黒くんが、わたしをふり向いた。

「安藤さん、すぐに思いだせないなら、それでいいから」

彼の思いつめたような瞳に。

ドキン。

一瞬、鼓動が大きくなった。

「おれ、いっしょうけんめい走るよ。がんばって走るから、思いだせなくてもいい。ただ、おれだけを見ててほしいんだ」

彼の声が、空気に溶けていく。

さっきとは、空気の色がちがっていた。

そよぐ風と青空を流れていく雲が、とてもやさしく感じる。

胸がキュンと痛んで。

ぽろり。

なぜか涙が流れ落ちた。

「安藤さん!?」

石黒くんのビックリしたような視線に気づいて、あわてて涙を指でぬぐった。

「わたしったら、なんで涙なんか……!」

みんなの前で急に泣きだすなんて、はずかしい!

かあーっと熱くなっておたおたしていると、直毘さんはニコニコ見守るような視線をわたしに送ってくる。

矢神くんまでフッと笑って、石黒くんの肩をポンとたたいた。

「そういうことなら手加減しないぞ」

「ああ、望むところだ」

石黒くんもニッと笑う。

わたし、どうしちゃったの？

ただ、彼に「見ててほしい」と言われただけなのに。

とっても胸が熱くて、キュッとするよ……。

石黒くんたちとわかれ、直毘さんと観客席に向かうとちゅうでも、心臓がドクンドクンといっていた。

石黒くんと矢神くんの二人は、あっというまに予選を勝ち上がっていった。

次は、いよいよ決勝だ。最後の戦いがはじまる。

これで勝者が決まるんだね。

もう、心臓がドキドキしすぎて、今にも口から飛びだしそう。

直毘さん、じゃなかった、モモちゃんも、わたしと同じ気持ちだと思う。まだだれもいないコースを熱心に見つめている。

わたしたち二人、すっかり意気投合して、下の名前でよびあうことにしたんだけど。

もう、ずっとまえから友だちだったみたい。

「ね、ねえ、奈々ちゃん、緊張しない……？」

「き、緊張してるよ、モモちゃん！」

プルプルふるえる手をつないで、たがいの名前を何度もよびあいながら、いざその時が来るのを待っていたんだ。

しばらくして、決勝に出場する選手たちがグラウンドに姿をあらわす。

石黒くんと矢神くんも、ゆったりした動作でコースの白い線の内側に入った。さっきとは打って変わり、二人とも静電気みたいにピリピリしてる。

みんなで協力して、なんとか再開させた競技会。

今このときだけは、友だちじゃなくて、ライバルなんだ。

ゴクッと息をのむ。

そのとき、

「キャーッ！」

ざわざわしていた観客席から、ひときわ大きな黄色い声援があがった。

「石黒くーん！」

「矢神くーん！」

「カッコいい――――ッ!!」

いくつもの甲高い声が響き渡る。

ぐるっと見まわすと、ギャラリーはどこもかしこも女子ばかりだ。

わたしたちのとなりにすわってる子も、グラウンドに向かって手をふってはしゃいでいる。

「石黒くんと矢神くん、二人ともイケメン！」

「やだあ、どっちを応援したらいいの!?　決められないよう！」

友だちらしき子とコーフンしたように話してる。

「す、すごい人気だね……！」

わたしがあせってそう言ったら、モモちゃんは苦笑いした。

「二人とも目立つからね！」

うん、確かに。

二人とも目立つ。すごく目を引く。

片ひざをついて、スタートラインにそって指を置き、ゴールをにらみつけるような瞳。

その一挙手一投足に華があるんだ。

なんだか急に居心地がわるくなってきた。

こんなに人気がある人と、ついさっきまでいっしょにいたんだもん。

それどころか、危ないところを守ってくれて……。

石黒くんのたくましい腕と胸を思いだし、ますます心臓がドキドキ騒いでくる。

どうしよう、応援したいのに。

心臓がドキドキしすぎて、あまりの声援の大きさに気後れして、どうしても声がでない……！

選手たちのおしりが、グッとあがる。

そして。

パアーーーン！

ピストルの音が青空に鳴り響き、選手たちが走りだした。

石黒くんは、スタートダッシュはよかったのだけど、走るにつれて、順位を落としていった。

歯を食いしばって、高く腕をふりあげているけれど、追いついていけない。

サッカーをやってるときの石黒くんとは、大違いだ。

ぜいぜい息を切らしているのがわかる。

やっぱりサッカーと同じってわけにいかないいんだね……と、がっかりしかけて。

ちがうよ！

彼の走りに違和感を覚えて、ハッとした。

石黒くん、学校の体力テストのとき、だれよりもはやかった！

サッカーボールを蹴ってコートを走るその姿は、風のようだった！

ひょっとして、わたしをカワセミからかばった、あのとき。

足をひねったのかもしれない……！

胸を不安でいっぱいにしながら、彼を目で追いかける。

どんなにいっしょうけんめい走っていても、順位は変わらない。

けど、石黒くんの横顔が見えたとき。

彼があきらめていないのを悟った。

『おれ、いっしょうけんめい走るよ。がんばって走るから、思いだせなくてもいい。ただ、おれだけを見ててほしいんだ』

うん、石黒くん、わたし見てるよ。
一秒も目をそらさずに、ちゃんと見てるよ。

彼の走る姿を、しっかり胸に焼きつけたかった。
勝とうが負けようが、そんなことどうでもよかった。

心のなかで強く祈らずにいられない。
両手をにぎりしめて、必死に祈る。

石黒くん、がんばって！
石黒くん、がんばって！

わたし、石黒くんが――――！

とつぜん、不思議なことが起こった。

「あ……！」

まぶしすぎない、あたたかな光が、胸のあたりからあらわれたの。

じわっと、ほんのり胸が熱くなる。

そして。

わたしの心のなかに、カレとはじめて会った日のことが浮かんだ。


そうだ。

わたし、ずっと前から石黒くんが好きだったんだ。

だから、カレの言葉に、ふとした仕草に、胸がキュンとしたり、痛くなったり、涙がこぼれたりしたんだ。

なんで、こんなに大切なこと忘れていたの？

自分の胸のなかからあらわれた、白い光を両手でそっと包んで口づける。


もう二度と、なくしたりしないよ。

わたしの大切な思いのすべてを――――！


こみあげてきた衝動のままに立ちあがり、思いっきりさけんだ。

「石黒くん、がんばれ！　みんな、がんばれ!!」

ゴールテープが切られて、男子百メートル走の勝者が決まった。

15 ありがとう、またね！

石黒くんと矢神くんは、なだれこむようにテープを切った。

声のかぎりに応援してたわたしと奈々ちゃんは、ハッと呼吸を止めた。

石黒くんがイキオイあまって足が止まらず、激しい音をたてて砂のうえに転がる！

「石黒くんっ！」

奈々ちゃんが悲鳴をあげた。

……ややあって、地べたに両手をついた彼は、「イテテ」とニガ笑いで、ゆっくり体を起こす。

ひざを擦りむいたみたいだけど、大ケガしたとかじゃ、なさそう？

「よ、よかった……」

わたしも奈々ちゃんも、一緒になってホ～ッと大きな息をつく。

と、座りこんだまま肩を上下させてる石黒くんの前に、矢神くんが立った。

彼は石黒くんに手のひらを差しだし、石黒くんも、彼の手をパシッと取る。

おでこや首すじにさわやかなアセをきらきらさせながら、ニッと笑いあう、二人の男子。

おおっ、なんだか男の友情が芽生えたみたい!?

「奈々ちゃん、二人とも、何位だったんだろうね」

テープを切ったとき、全十レーンの選手がほとんど団子状態だったから、だれが一位か分からなかった。

どきどきしながら電光掲示板に目を移すと同時に、アナウンスが入った。

『六年生男子百メートル走、決勝戦。結果を発表します』

一位から順に、名前とタイムが読み上げられていく。

二位、三位。二人の名前はまだ呼ばれない。

『四位、第七レーン、陽向小学校、石黒翔太くん。十二秒七〇。五位、第五レーン、ひふみ学園、矢神匠くん。十二秒七二。六位——、』

……四位と、五位、だ。

わたしと奈々ちゃんは、静かにおたがいの顔を見つめた。

「表彰台、のがしちゃった……」

残念そうな奈々ちゃんに、わたしもうなずく。

「うん……。さすが決勝だね」

それに矢神くん、マガツ鬼の騒ぎのせいで、すでに疲労こんぱいだったもんな。

石黒くんだって、足首がおかしかったみたいなのに。

それでも、二人とも十人の走者のなか、半分以上に食いこんだんだもん。すごいことだよ。

「でも、カッコよかったね」

わたしがポツリつぶやくと、奈々ちゃんの顔がゆっくりと笑顔になっていく。

「……うん！　カッコよかった！」

「だねっ！」

わたしも大きくうなずいた。

二人が一生懸命走ってるすがた、サイコーにカッコよかった！

わたしたちはニッと笑って、ぎゅううっと抱きしめあう！

グラウンドの二人は、何を話してるのかな。

背中をたたきあいながら、待機場所のほうへ歩いていく。

どっちも万全の体調じゃなかったけど、でも二人とも、やりきった後のハツラツとした笑顔だ。

……やっぱりわたし、矢神くんのこと、大好きだなぁ……。

また一枚、心に花びらが積もっちゃった気がして、わたしはひたすら彼の横顔を目で追う。

すると、となりで奈々ちゃんがぽそりと言った。

「……思いだしたよ、モモちゃん。わたし、石黒くんのことが、好き……」

彼女は両手を胸のまえでにぎって、どきっとしちゃうような、熱いうるんだまなざしで石黒くんを見つめてた。

「奈々ちゃん」

恋する女の子って、すごく、キレイ……。

わたしまで彼女の熱が移ってドギマギしちゃって、指をこねくりまわす。

「モモちゃん。わたしがおかしくなってたのって、『恋』する気持ちをなくしちゃってたから

なんだね。……わたし、『恋』がかないそうにもない今を、なんとかして『変』えたいって、心の底で強く思ってたみたい。だから、モモちゃんがその筆の術を使ってくれても、うまく思いだせなかったんだね。心が勝手に、『変』のほうに持っていかれてたんだ。……でもわたし、変われないことより、恋をなくしちゃってた時のほうが、ずっと辛かった。

——モモちゃん。わたしの大事な気持ち、取りもどしてくれて、ありがとう」

ほんのり赤らんだ目もとで、にっこり笑う奈々ちゃん。

わたしはぶんぶんっと強く首を横にふって、彼女の両手をつかんだ。

「お礼なんていいよ。わたしもね、奈々ちゃんにありがとうって言いたいの」

「え？　なんで？」

きょとんと首をかしげる奈々ちゃんに、わたしは笑顔になる。

「桃花を見つけて届けてくれたのも、ずっと一緒に戦って、応援してくれたのも。

……それにね、わたし、奈々ちゃんを見てて思ったの。奈々ちゃん、マガツ鬼に恋心を変えられちゃってても、それでもゼッタイに取りもどしたいって、揺るがなかったでしょう？　その姿が、すごくカッコよかった。それで、わたしも奈々ちゃんみたいに、自分の想いを大事にしたいって……思えたかも」

わたしは彼女の瞳を見つめて、一生懸命伝える。

だってわたし、どう考えても矢神くんとは不釣り合いだしメーワクにちがいないから、自分の気持ちをおさえなきゃ、隠さなきゃって、まっさきに考えちゃうんだ。

でも……、奈々ちゃんを見てたら、それじゃ、せっかく恋した自分の気持ちが、あまりにもかわいそうだなって。もう少し、わたしも自分の「恋」を大事にしてあげてもいいのかなって。

考えこむわたしに、奈々ちゃんの瞳が少しだけカゲった。

「……モモちゃん。わたしね、実は石黒くんにコクハクして、フラれちゃってるんだ」

「えっ……！」

思いも寄らない言葉に、ノドが鳴った。

だって、二人ともおたがいを助けようとしあって、息もぴったりで。

さっき彼が、「おれ、安藤さんの想いに応えられる人間じゃないんだ」って言ってたの、なにか事情があるのかなと思ってたけど……、まさかそんな。

歯車さえ嚙みあえば、すぐにでもうまくいきそうな二人だなって思ってたのに……。

言葉が続かないわたしに、奈々ちゃんはそれでも、ほほえみを浮かべた。

「でもね、あきらめないって決めてるんだ。1％の恋だけど、がんばる！」

彼女の笑顔は、ニセモノじゃない。

ホントにがんばろうって決意してる、強い瞳。しゃんとした笑顔。

わたしはあぜんと彼女を見つめ、大きく息をはきながらつぶやいた。

「……すごい。やっぱり奈々ちゃん、カッコいい……！」

すると彼女は、ぱちくり瞳をまたたいて、にっこり笑った。

「モモちゃんも、恋、がんばろうねっ！」

――矢神くんのこと、好きなんだよね？

ふいに耳にふきこまれた、ちょっぴりイタズラな声に、わたしはボムッと頭が瞬間沸騰！

「そっ、そんなにバレバレだった!?」

「どうかなぁ？」

ぷくくっと笑う奈々ちゃん。

真っ赤になったままアワアワしてたら――、

「すっかり仲良しだな」

今まさに頭に浮かんでた顔の主に声をかけられて、ひゃっとその場に飛び上がる。

見やれば、矢神くんと石黒くんが、そろってこっちに歩いてきたところだった。

二人はまだ肩で息をしながらも、わたしたちに笑みを投げてくれる。

「安藤さんたちの応援の声、めっちゃ聞こえたよ。それに、サッカーの試合のときの応援幕、また持ってきてくれたんだな。観客席の、目立ってたよ」

「ひふみ学園の席の一番前の『**必勝！**』って文字もな。あれ、モモが書いたんだろ？」

「う、うん。朝子ちゃんとみずきちゃんと一緒に作ったんだ」

「――ありがとな」

矢神くんはタオルで顔をふきながらわたしの顔をのぞきこみ、ちょっぴり上目づかい。

そのなんてことないハズのしぐさに、わたしは心臓を撃ちぬかれ、うぎゅっとヘンな声をもらしてしまった。

奈々ちゃんも奈々ちゃんで、ほっぺたを真っ赤に染めて、石黒くんと見つめ合ってる。

「……安藤、元にもどったみたいだな」

矢神くんの小さな声。

わたしはこくりとうなずく。

石黒くんも彼女の様子を見て、そうと分かったみたい。ちょっとフクザツな顔をしてるけど
……。

奈々ちゃん。わたしたち、1%の恋でもがんばろうねっ。

そしてわたしは、「アッ！」と大きな声をあげた。

「石黒くん、ひざのケガ、血が出てるよっ。それに奈々ちゃんのほっぺたも、まだちょっぴり赤いし……っ。わたし、術で二人のケガ、治してもいい？」

「「えっ？」」

奈々ちゃんは石黒くんと顔を見合わせ——、そして、二人してパッと瞳を輝かせた。

「わたしのケガなんてたいしたことないけど、その筆の術、もう一回かけられてみたいっ」

「おれもっ！　こんな体験、なかなかできないもんな」

ムジャキな笑顔に、わたしも笑みになる。

矢神くんはチカラの使いすぎを心配してるのか、ちょっと難しい顔。でも、白札と墨を出してくれた。

ワクワクしてる二人を前に、わたしは桃花を走らせる！

「**ミコトバヅカイの名において、桃花寿ぐ、コトバのチカラ！**」

二枚の札は、それぞれ奈々ちゃんのほっぺたと石黒くんのひざに、ぺしっと貼りついた！

ぼんっ！

ふきあがる白いケムリ。

――そして。


「……あれっ？　おれ、なんでこんなトコいるんだっけ」

二人は目をぱしぱしまたたいた。

「学校の席にもどらなきゃだよな。っていうか安藤さんも、なんでここに？　陽向小学校の観客席、あっちだよ？」

「あっ……、うんっ。そうだね。みんな待ってるし、早くもどらなきゃ」

そのまま首をひねりながら、二人はスイッとわたしの横を通りすぎていく。

……バイバイ、奈々ちゃん。

わたしは少しせつなくなっちゃって、二人の背中が人ごみに消えるまで、ずっと見送ってた。

と、同じように二人を眺めてた矢神くんが、静かに言った。

「記憶を消したのか」

「……うん。『怪我』を『怪しい夢』、怪夢に書き換えたの。今日、わたしたちに関わったコト、ぜんぶ夢だと思ってくれるはず。ヒミツのお役目だから……しょうがないよね」

声が、細くなっちゃってたのかな。

矢神くんは、わたしの肩にぽんっとあったかい手のひらを置いてくれた。

あっ、ダメだ！　せっかく矢神くんががんばってきたところなのに、しんみりさせちゃったよっ。

わたしはあわてて笑顔をつくる。

「奈々ちゃんたちが忘れちゃっても、わたしたちはちゃんと覚えてるんだもんねっ。またどこかで会えたら、もう一回、友だちになれるかもしれないし！」

「だな。おれ、石黒に負けたままじゃ、くやしくてたまらん。あいつめちゃくちゃ足が速いと思ったら、サッカーやってるらしい。再戦して、次は絶対に勝ってやる」

わ、わぁ……っ。たったのコンマ〇二秒差だったのに、さすがの負けず嫌い、矢神くんだっ。

「そっか。じゃあまた、『みんな、がんばれ！』だね」

「……モモはみんなじゃなくて、おれの応援しろよ」

と、彼はなんだかぶっきらぼうな言い方。

「う、うん？　もちろん矢神くんの応援する、けど」

「……まぁ、いい」

あれ？　わたし、なにか間違った？

うかがうように見上げると、彼は優しく瞳を細める。

「その頃にはあいつら、うまくいってるといいな」

わたしも強くうなずいて、そして、奈々ちゃんの「みんな、がんばれ！」を心にくりかえした。

……わたしも、がんばりたいな。

奈々ちゃんみたいに、1％の恋でも、前を向いて。

——よしっ！

「あっ、あのね、矢神くんっ」

わたしは急にぷるぷる震えだした手をきゅっとにぎりこんで、彼を見上げた。

矢神くんは、ん？　と視線をおろしてくれる。

「今日の矢神くん、ものすごく！　カッコよかった!!　です！」

直視できなくて、わたしは全力で目をつぶり、でも全力で叫んだ。

——と。

……あれ？　なんの反応も、ない？

おそるおそるまぶたを開けたら。

矢神くんがタオルを頭からかぶって、ものっすごい横を向いてる。

「ご、ごめんっ。わたし当たり前のことを大声でっ。うるさかったよね？」

「……ちがう」

タオルのむこうから聞こえてきたのは、いつもよりさらに低い、重低音。

怒らすようなこと言っちゃったかなって、不安になって覗きこもうとしたら、わたしの気配を察したのか、彼はバッと反対側に首を向ける。

……でも、その時ちらっと見えちゃった。

矢神くんの耳が、真っ赤になってたの。

わたしはポカンと立ちつくす。

矢神くんでも、照れるコトってあるんだな。や、走った後にタオル頭からかぶってたら、そりゃ暑くなるよね。そっちかな。

そんなコトを考えてたら、すぐ上の観客席から、耳慣れた声が降ってきた。

「モモ～ッ、そんなトコで見てたんだ。ずっといないから、どうしたかと思ったよ」

観客席の柵にヒジをつき、わたしたちを見下ろしてるのは、リオだ。

それに陽太くんに、一緒に応援幕を作った親友、みずきちゃんに朝子ちゃんも！

みんなの姿が目に映るなり、わたしはなんだかホッとしちゃって、「おつかれさま～っ！」ってぶんぶん手をふった。

「矢神～っ、速かったな！　惜しかったけど、ナイスファイト！」

陽太くんの声に、矢神くんはようやくタオルをはずして、小さく手をふりかえす。

その横顔は、やっぱりまだ上気してて。

思わず見つめちゃったわたしとパチッと目が合うなり、彼はまた、顔を横に向けてしまった。

16 また、どこかで

競技会の翌日。

いつもどおり階段の踊り場に集合した、わたしたちチーム1%。

みんながそろったところで、夏芽が家から持ってきてくれた新聞を広げた。

地方版のスポーツ欄には、競技会の記録のまとめが載っていて。

トオルくんや石黒くんのほかにも、ゆりあの1%のカレ、コウちゃんなど、よく知ってる名前が紙面に並んでる。

「わあ、すごい！　トオルくんのリレー、三位だったんだね！」

石黒くんから、ただ勝ったと聞いていただけなので、今はじめて知ってビックリした。

当日、トイレに行った帰りに迷子になっちゃったせいで、リレーの予選も決勝も見られなかったんだよね。

「石黒は四位かー。もっと伸びるかと思ってた」

るりがアッサリした口調でそう言うと、「うんうん」「意外だよねえ」と、みんなでしきりにうなずいた。

じつは、石黒くんの百メートル走の結果におどろいたのは、わたしたちだけじゃない。同じクラスのみんなや、ファンクラブの女子たち、先生たちも、おどろいていたんだ。だって、優勝候補だって言われてたもんね。

「すごいレースだったんでしょう？　わたしも奈々ちゃんといっしょに応援したかったわ。コウちゃんの幅跳びにかぶってなかったらよかったのに～！」

ゆりあは、見逃したことをすごく残念がっている。

夏芽がニヤニヤしながら、ゆりあのヒジをつついた。

「よく言うよ。あたしとるりも選手として出場していたのに、ちっとも応援に来てくれなかったじゃない。コウちゃんに見とれて、あたしたちのこと忘れちゃってたんでしょ？」

夏芽につっこまれて、ゆりあの顔が真っ赤になった。

「夏芽ちゃん、ひどーい！　わたし、ちゃんと行くつもりだったのよ。けど、ハッと気づいたら、もう時間がすぎていて……」

夏芽とるりが目をまんまるにする。

「冗談で言ったのに、図星だったんだ」

「ゆりあらしいわね」

ハハハと笑いあいながら、もういちど紙面に目を向ける。

あらためて、男子百メートル走の決勝の結果を見て。

あれ……？　と気づいた。

「そっか、矢神くんって、矢神匠くんっていうのか……」

ぼんやり、つぶやく。

そのつぶやきを、るりに聞かれてしまった。

「どうしたの、奈々？　なんか言った？」

ホッ、よかった。

内容までは聞かれてなかったみたい。

「ううん、なんでもない！　それより、今日カサ持ってきた？　新聞の天気予報、雨になってるよ」

と言いながら、窓をのぞいた。

そういえば、石黒くんは、昨日のこと、すっかり忘れちゃってる。

「ファフロツキーズ現象、すごかったね？」って、それとなく聞いてみたら、「なんのこと？」って顔をされたんだ。

けど、わたしは覚えてるよ。

石黒くんとちがって、わたしのケガは、ほっぺただけ。

ケガと言えないほど、小さかったせいで、きっと術がうまく効かなかったんじゃ……？　って勝手に思ってるんだ。


今日は、魚じゃなくて、ちゃんと雨が降るんだろうなあ。

くもり空に向かって、ニッと笑いかける。


二つ結びのフシギな力を持った、かわいくていっしょうけんめいな女の子。

わたしと同じように、恋にがんばってる女の子。


また、どこかで会えたらいいな。

直毘モモちゃん。

スペシャルあとがき

『いみちぇん！×1％』を読んでくれたみんな、本当にありがとう！

スペシャルなコラボ本にふさわしく、今回はあとがきもスペシャル！　なんと、あさばみゆき先生とこのはなさくら先生の対談だよ。あんな事やこんな事まで聞いてみました！

編集部（以下編）：はじめてのコラボ本お疲れさまでした！　書いてみてどうでした？

あさば先生（以下あ）：や〜〜、めちゃくちゃ楽しかったです！　前から一読者として「1％」を楽しんでたので、えっ、えっ、奈々ちゃんと石黒くん書いちゃっていいのいいの!?　って、テンション上がりまくりました。

このはな先生（以下こ）：「いみちぇん！」の世界観をこわさないように書けるか緊張しました。だけど、とても楽しかったです。書きながら自分も四人といっしょにハラハラドキドキしました！

編：まさに夢の共演でしたね。ヒロイン二人のやりとりにとってもワクワクしました！　さて、次の質問です。お互いの作品で、好きなキャラはだれですか？　理由も教えてください！

こ：主人公のモモちゃんがいちばん大好きです！　がんばり屋さんで責任感があって、かわいいし、やさしいし、理由をあげたらキリがないくらい！　ぜひお友達になりたいです（笑）。

あ：わっ、うれしい！　ありがとうございます。私はトオルくん！　ツラい役まわりが多いのに、明るくまっすぐにがんばってるんですよっ……。応援せずにいられません！　がんばれぇぇぇトオルくん〜〜！（絶叫）　もちろん奈々ちゃん石黒くんも大好きですよ♡

編：熱いコメントありがとうございます（笑）。
今回のお話では、モモと奈々が出会ったことで、いつもの本編では起きないことがたくさん起きましたね！　モモが矢神に○○したり、奈々が××をなくしてしまったり……。好きなシーンはどこでしたか？　二つ挙げてください。

あ：みんなで雨雲を晴らすシーンかな。「1%」の「みんな、がんばれ！」を、「いみちぇん！」メンバーも一緒にやらせてもらえてうれしかったです〜！　もう一つは男子百メートル走。アセしながら走るイケメンは美しいですよね。私のもとに駆けてきてくれないかな（笑）。

こ：モモちゃんが舌をかんじゃうシーン（かわいすぎる！）と、奈々が空を見ながらモモちゃんを思い出すラストシーンです！　長編映画みたいな終わり方が気に入っています！

編：四つともすてきなシーンでしたね。読者のみんなのお気に入りシーンも気になります……！
さあ、ここからは「もしも」のコーナー！「いみちぇん！」「1％」とも、たくさんのキャラクターが登場していますが、どちらも恋ネタが入ってますよね。別の作品だけど、このキャラとこのキャラならお似合いのカップルになりそう……なんて組み合わせ、ありますか？

こ：リオちゃん♡トオルのカップルが見たいです。リオちゃん、よく気がつくし、いい子なんだもの！　ぐいぐいリードしてほしい。でも、やっぱりトオルには、もったいないですね！（笑）

あ：同じです！　私の推しも、トオルくん&リオ。アクティブで楽しい組み合わせになるかと♪
でも毎日ケンカしてそうですよね（笑）。

編：トオル×リオ！　それはすっごく気になります‼　一度きりのコラボ小説ですが、続いてほしい気持ちがわき上がってきますね。

さて、最後はお互いへのコメント、そしてファンのみなさんにメッセージをお願いします！
あ：このはな先生、今回はご一緒させていただき、とっても楽しかったです。ありがとうございました！　これからもチーム1%のみんなを全力100%で応援させてください♡
そして読者のみなさん！　今回のコラボをきっかけに、二つの作品を行き来して楽しんでもらえたら、サイコーにうれしいです♪　「またコラボ本が読みたい～！」なんてお手紙が編集部にいっぱい来たら、もしかしたら実現しちゃうんじゃないですかねどうですかね……（ボソッ）。
こ：二つの世界を合体してくれた担当さま、そして華やかな夢の共演イラストを描いてくださった市井先生、高上先生、ありがとうございました！
編：お二人とも、ありがとうございました！　みんなも気になる『いみちぇん！⑫』は2018年7月15日に、『1%⑩』は2018年8月15日に発売予定だよ。本編もお楽しみにね！

＊あさばみゆき先生、このはなさくら先生へのお手紙は、角川つばさ文庫編集部に送ってね！
〒102−8078　東京都千代田区富士見1−8−19
株式会社KADOKAWA　角川つばさ文庫編集部　〇〇〇〇先生係
（お手紙を出したい先生の名前を書いて送ってください！）

角川つばさ文庫

あさばみゆき／作
3月27日うまれのおひつじ座B型。「いみちぇん！」シリーズ（角川つばさ文庫）は男女ともに大人気。あさば深雪名義で角川ビーンズ文庫にも著作あり。

このはなさくら／作
４月22日うまれのおうし座O型。「１％」シリーズ（角川つばさ文庫）は、女子に絶大な人気をほこる、レーベル屈指の恋愛作品。

市井あさ／絵
児童書を中心に活躍するイラストレーター。

高上優里子／絵
コミックに装画に活躍する漫画家。

角川つばさ文庫　Aあ7-50

いみちぇん！×１％
１日かぎりの最強コンビ

作　あさばみゆき　このはなさくら
絵　市井あさ　高上優里子

2018年６月15日　初版発行

発行者　郡司 聡
発　行　株式会社KADOKAWA
〒102-8177　東京都千代田区富士見 2-13-3
電話　0570-002-301（ナビダイヤル）
印　刷　大日本印刷株式会社
製　本　大日本印刷株式会社
装　丁　ムシカゴグラフィクス

ISBN978-4-04-631797-1　C8293　　N.D.C.913　188p　18cm

読者のみなさまからのお便りをお待ちしています。下のあて先まで送ってね。
いただいたお便りは、編集部から著者へおわたしいたします。

〒102-8078　東京都千代田区富士見 1-8-19　角川つばさ文庫編集部

角川つばさ文庫
少女マンガじゃない！
①下駄箱からラブレター！…じゃなくて果たし状!?
キラ
少女マンガの神様が宿る勾玉をさずかったよ！
みて
さっそくラブレターが…
果たし状→
果たし状
…って私
少女マンガみたいな恋したいのに…
少年マンガの神様にとりつかれちゃった!?
作／水無仙丸
絵／まごつき

角川つばさ文庫発刊のことば

角川グループでは『セーラー服と機関銃』(81)、『時をかける少女』(83・06)、『ぼくらの七日間戦争』(88)、『リング』(98)、『ブレイブ・ストーリー』(06)、『バッテリー』(07)、『DIVE!!』(08)など、角川文庫と映像とのメディアミックスによって、「読書の楽しみ」を提供してきました。

角川文庫創刊60周年を期に、十代の読書体験を調べてみたところ、角川グループの発行するさまざまなジャンルの文庫が、小・中学校でたくさん読まれていることを知りました。

そこで、文庫を読む前のさらに若いみなさんに、スポーツやマンガやゲームと同じように「本を読むこと」を体験してもらいたいと「角川つばさ文庫」をつくりました。

読書は自転車と同じように、最初は少しの練習が必要です。しかし、読んでいく楽しさを知れば、どんな遠くの世界にも自分の速度で出かけることができます。それは、想像力という「つばさ」を手に入れたことにほかなりません。

「角川つばさ文庫」では、読者のみなさんといっしょに成長していける、新しい物語、新しいノンフィクション、角川グループのベストセラー、ライトノベル、ファンタジー、クラシックスなど、はば広いジャンルの物語に出会える「場」を、みなさんとつくっていきたいと考えています。

読んだ人の数だけ生まれる豊かな物語の世界。そこで体験する喜びや悲しみ、くやしさや恐ろしさは、本の世界の出来事ではありますが、みなさんの心を確実にゆさぶり、やがて知となり実となる「種」を残してくれるでしょう。

かつての角川文庫の読者がそうであったように、「角川つばさ文庫」の読者のみなさんが、その「種」から「21世紀のエンタテインメント」をつくっていってくれたなら、こんなにうれしいことはありません。

物語の世界を自分の「つばさ」で自由自在に飛び、自分で未来をきりひらいていってください。

ひらけば、どこへでも。――角川つばさ文庫の願いです。

角川つばさ文庫編集部